まるっと一冊《いっさつ》
ニャンだらけ！

ドキドキと感動《かんどう》の

# だいすき猫《ねこ》物《もの》語《がたり》

# 12か月《げつ》

# にゃんにゃんカレンダー

日付《ひづけ》を書《か》きこんで使《つか》うニャ

月

| 日 | 月 | 火 | 水 | 木 | 金 | 土 |
|---|---|---|---|---|---|---|
| | | | | | | |
| | | | | | | |
| | | | | | | |
| | | | | | | |
| | | | | | | |

| 日 | 月 | 火 | 水 | 木 | 金 | 土 |
|---|---|---|---|---|---|---|
| | | | | | | |
| | | | | | | |
| | | | | | | |
| | | | | | | |
| | | | | | | |

とっても仲《なか》良《よ》し♥

月

どんなポーズが好《す》き？

月

| 日 | 月 | 火 | 水 | 木 | 金 | 土 |
|---|---|---|---|---|---|---|
| | | | | | | |
| | | | | | | |
| | | | | | | |
| | | | | | | |
| | | | | | | |

月

| 日 | 月 | 火 | 水 | 木 | 金 | 土 |
|---|---|---|---|---|---|---|
| | | | | | | |
| | | | | | | |
| | | | | | | |
| | | | | | | |
| | | | | | | |

月

| 日 | 月 | 火 | 水 | 木 | 金 | 土 |
|---|---|---|---|---|---|---|
| | | | | | | |
| | | | | | | |
| | | | | | | |
| | | | | | | |
| | | | | | | |

月

| 日 | 月 | 火 | 水 | 木 | 金 | 土 |
|---|---|---|---|---|---|---|
| | | | | | | |
| | | | | | | |
| | | | | | | |
| | | | | | | |
| | | | | | | |

| 日 | 月 | 火 | 水 | 木 | 金 | 土 |
|---|---|---|---|---|---|---|
| | | | | | | |
| | | | | | | |
| | | | | | | |
| | | | | | | |
| | | | | | | |

月

遊《あそ》ぶの大《だい》好《す》き♪

月

| 日 | 月 | 火 | 水 | 木 | 金 | 土 |
|---|---|---|---|---|---|---|
| | | | | | | |
| | | | | | | |
| | | | | | | |
| | | | | | | |
| | | | | | | |

箱《はこ》のなかって落《お》ち着《つ》くニャ～

寝《ね》るネコは育《そだ》つニャ…

月

| 日 | 月 | 火 | 水 | 木 | 金 | 土 |
|---|---|---|---|---|---|---|
| | | | | | | |
| | | | | | | |
| | | | | | | |
| | | | | | | |
| | | | | | | |

スヤスヤ…

月

| 日 | 月 | 火 | 水 | 木 | 金 | 土 |
|---|---|---|---|---|---|---|
| | | | | | | |
| | | | | | | |
| | | | | | | |
| | | | | | | |
| | | | | | | |

| 日 | 月 | 火 | 水 | 木 | 金 | 土 |
|---|---|---|---|---|---|---|
| | | | | | | |
| | | | | | | |
| | | | | | | |
| | | | | | | |
| | | | | | | |

雪《ゆき》がきれいだニャー！

月

月

| 日 | 月 | 火 | 水 | 木 | 金 | 土 |
|---|---|---|---|---|---|---|
| | | | | | | |
| | | | | | | |
| | | | | | | |
| | | | | | | |
| | | | | | | |

ワクワク！手《て》づくり

# にゃんにゃん雑《ざっ》貨《か》★

お友《とも》だちに注目《ちゅうもく》される♪

## にゃんこ★フェルトポーチ

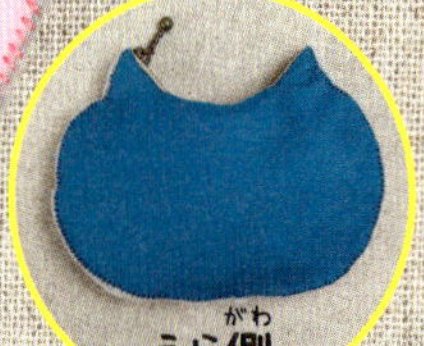

うら側《がわ》

お気《き》にいりのアクセサリーも入《い》れられるよ♡

つくりかたは76ページだよ

簡単《かんたん》キュート♡
# プラバンストラップ

かばんにつけてね!

好《す》きな色《いろ》やもようのネコにしよう!

つくりかたは142ページだよ

# にゃんにゃん弁当《べんとう》をつくっちゃおう★

つくりかたは172ページだよ

# もくじ


12か月《げつ》にゃんにゃんカレンダー …… 2
ワクワク！手《て》づくりにゃんにゃん雑貨《ざっか》★ …… 14
にゃんにゃん弁当《べんとう》をつくっちゃおう★ …… 16

## 1章《しょう》 にゃんこのふれあい物語《ものがたり》

第《だい》1話《わ》 マンガ ネコの鼻《はな》キス …… 20
第《だい》2話《わ》 子《こ》ネコがくれたすてきな日《ひ》 …… 30
第《だい》3話《わ》 ボクとまほちゃん …… 38
第《だい》4話《わ》 ミイとの約束《やくそく》 …… 46
第《だい》5話《わ》 ないしょののらネコ …… 54
第《だい》6話《わ》 空《そら》の見《み》える家《いえ》 …… 62
第《だい》7話《わ》 今日《きょう》からわたしは子《こ》ネコのママ …… 68
にゃんにゃん手《て》づくり教室《きょうしつ》① にゃんこ★フェルトポーチをつくろう！ …… 76
4コママンガ にゃんこあるある① …… 78

## 2章《しょう》 にゃんこの不思議《ふしぎ》な物語《ものがたり》

第《だい》8話《わ》 マンガ 助《たす》けた子《こ》ネコは魔法使《まほうつか》い!? …… 80
第《だい》9話《わ》 スーパームーンがくれた夜《よる》 …… 90
第《だい》10話《わ》 ミラクルキャットさくら …… 98
第《だい》11話《わ》 ネコの国《くに》へ迷《まよ》いこんじゃった！① …… 106
第《だい》12話《わ》 ネコの国《くに》へ迷《まよ》いこんじゃった！② …… 114
第《だい》13話《わ》 ネコの国《くに》へ迷《まよ》いこんじゃった！③ …… 122
第《だい》14話《わ》 ネコの国《くに》へ迷《まよ》いこんじゃった！④ …… 130
特別編《とくべつへん》 第《だい》15話《わ》 ネコの国《くに》へ迷《まよ》いこんじゃった！ …… 136
にゃんにゃん手《て》づくり教室《きょうしつ》② プラバンストラップをつくろう！ …… 142

## 3章《しょう》 にゃんこ図鑑《ずかん》＆《アンド》心理《しんり》ゲーム

ネコってこんな生《い》き物《もの》 …… 146
もよう別《べつ》で見《み》る！ ネコの性格《せいかく》 …… 148
にゃんこずかん1 アメリカンショートヘア …… 150

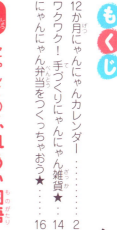

にゃんこずかん2 スコティッシュフォールド…152
にゃんこずかん3 ラグドール…154
にゃんこずかん4 アビシニアン…155
にゃんこずかん5 ロシアンブルー…156
にゃんこずかん6 ペルシャ…157
にゃんこずかん7 ベンガル…158
にゃんこずかん8 シャム…159
にゃんしぐさ&《アンド》にゃん語《ご》教室《きょうしつ》…160
もっと知《し》りたい！ にゃんこのこと教《おし》えてQ&A《キューアンドエー》…162
4コママンガ にゃんこあるある②…163
あなたはどのネコタイプ？ ネコキャラ診断《しんだん》…164
にゃんにゃん心理《しんり》テスト①
あなたが出会《であ》った子《こ》ネコは？…167
にゃんにゃん心理《しんり》テスト②
ネコがくれたプレゼントは？…169
12星座《せいざ》 ネコうらない…171

**にゃんにゃん手《て》づくり教室《きょうしつ》③**
お弁当《べんとう》をつくろう！…172
にゃんにゃんおえかき教室《きょうしつ》…174


**特別《とくべつ》ふろく**

●しおり ●びんせん ●ミニふうとう
●メッセージカード ●時間割《じかんわり》

2〜13ページ

## にゃんにゃんカレンダーの使《つか》いかた

- 月《つき》と日付《ひづけ》を自分《じぶん》で書《か》きこんで使《つか》ってね！
- 日付《ひづけ》のらんが足《た》りないときは、図《ず》のようにらんを書《か》きたそう。

3月

| 日 | 月 | 火 | 水 | 木 | 金 | 土 |
|---|---|---|---|---|---|---|
| | | | | | | 1 |
| 2 | 3 | 4 | 5 | 6 | 7 | 8 |
| 9 | 10 | 11 | 12 | 13 | 14 | 15 |
| 16 | 17 | 18 | 19 | 20 | 21 | 22 |
| 23/30 | 24/31 | 25 | 26 | 27 | 28 | 29 |

# 1章《しょう》

## キミとの出《で》会《あ》い

# にゃんこの ふれあい物《もの》語《がたり》

人生《じんせい》がちょっと変《か》わるような
ネコとの運命的《うんめいてき》な出会《であ》い!
——人《ひと》とネコの交流《こうりゅう》を
えがいた、心温《こころあたた》まる物語《ものがたり》。

# 第《だい》1話《わ》　ネコの鼻《はな》キス

また ネコの話《はなし》 してるの？
わっ かける！
なつみんちのネコ オレにネコパンチ してくるからな～
てぃっ
けいかい してるんだよ それ
え～～ オレ、こんなに いい人《ひと》なのにな～
いい人《ひと》は 自分《じぶん》で 言《い》わないよ
だれか ノートを職員室《しょくいんしつ》に 持《も》っていって くれないか～？
あ
オレやりますー

かけるくんって優《やさ》しいよね
うん…
そういうとこが好《す》きなんだよね…
あっ あとでサッカーやろうぜ
やるやるー
は、
もしかしてわたしのこと男友《おとことも》だちだと思《おも》ってるんじゃ…
それはこまる…
キーンコーン…
はーい じゃあ、今日《きょう》は転校生《てんこうせい》をしょうかいします
ガラッ

はじめまして
吉村《よしむら》すみれです
よろしく
お願《ねが》いします
すごい
かわいい子《こ》だ！
かけるも
見《み》つめちゃってる
し――!!
へーてんこーせーかあ
席《せき》は
かけるくんの
となりだから
かけるくんは
吉村《よしむら》さんに
学校案内《がっこうあんない》
してあげてね
はい
ええ～～

もし、こんなかわいい子《こ》がライバルになっちゃったら
ぜったい勝《か》てないよ〜〜!!
授業中《じゅぎょうちゅう》
休《やす》み時間《じかん》
移動教室《いどうきょうしつ》
なつみー いっしょに帰《かえ》ろうぜー
かけ…
すみれもいっしょにいいよな?
えっ
べつにいいけど…
ズキン…

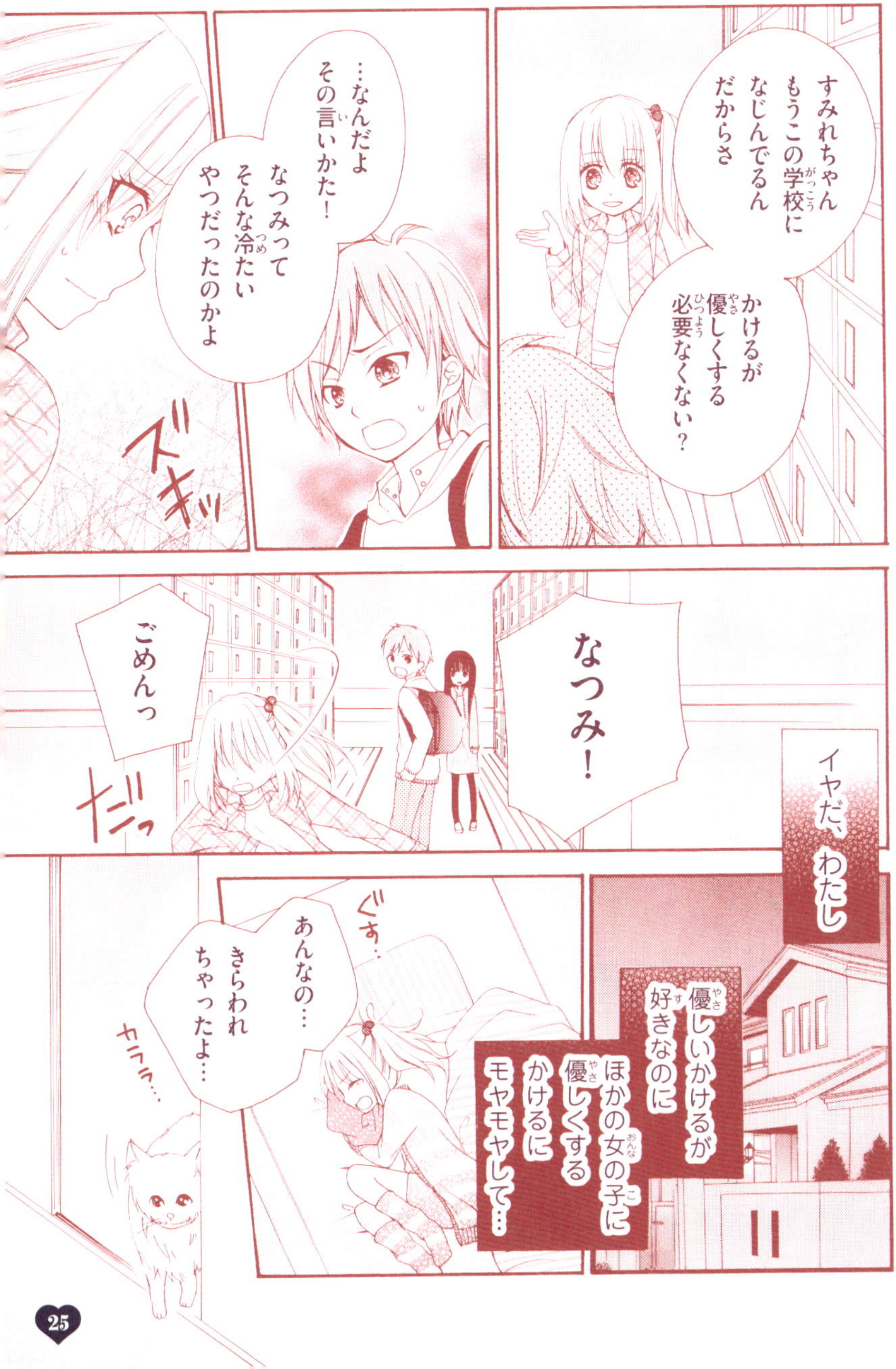
すみれちゃん もうこの学校《がっこう》に なじんでるん だからさ
かけるが 優《やさ》しくする 必要《ひつよう》なくない？
…なんだよ その言《い》いかた！
なつみって そんな冷《つめ》たい やつだったのかよ
ズキッ
なつみ！
ごめんっ
だっ
イヤだ、わたし
優《やさ》しいかけるが 好《す》きなのに
ほかの女《おんな》の子《こ》に 優《やさ》しくする かけるに モヤモヤして…
ぐす…
あんなの… きらわれ ちゃったよ…
カララ…

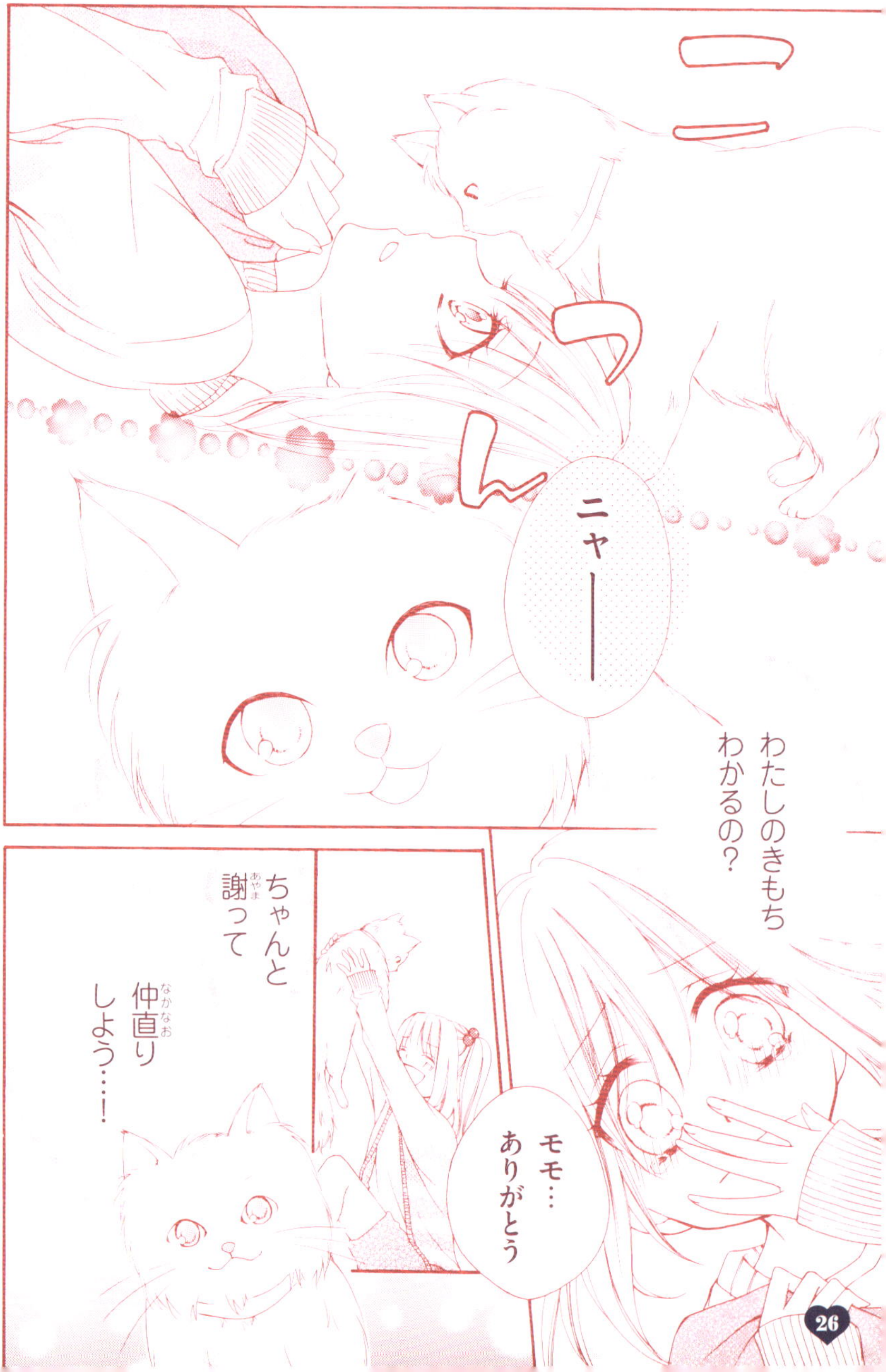
こつん
ニャーー
わたしのきもち
わかるの?
モモ…
ありがとう
ちゃんと
謝《あやま》って
仲直《なかなお》り
しよう…!

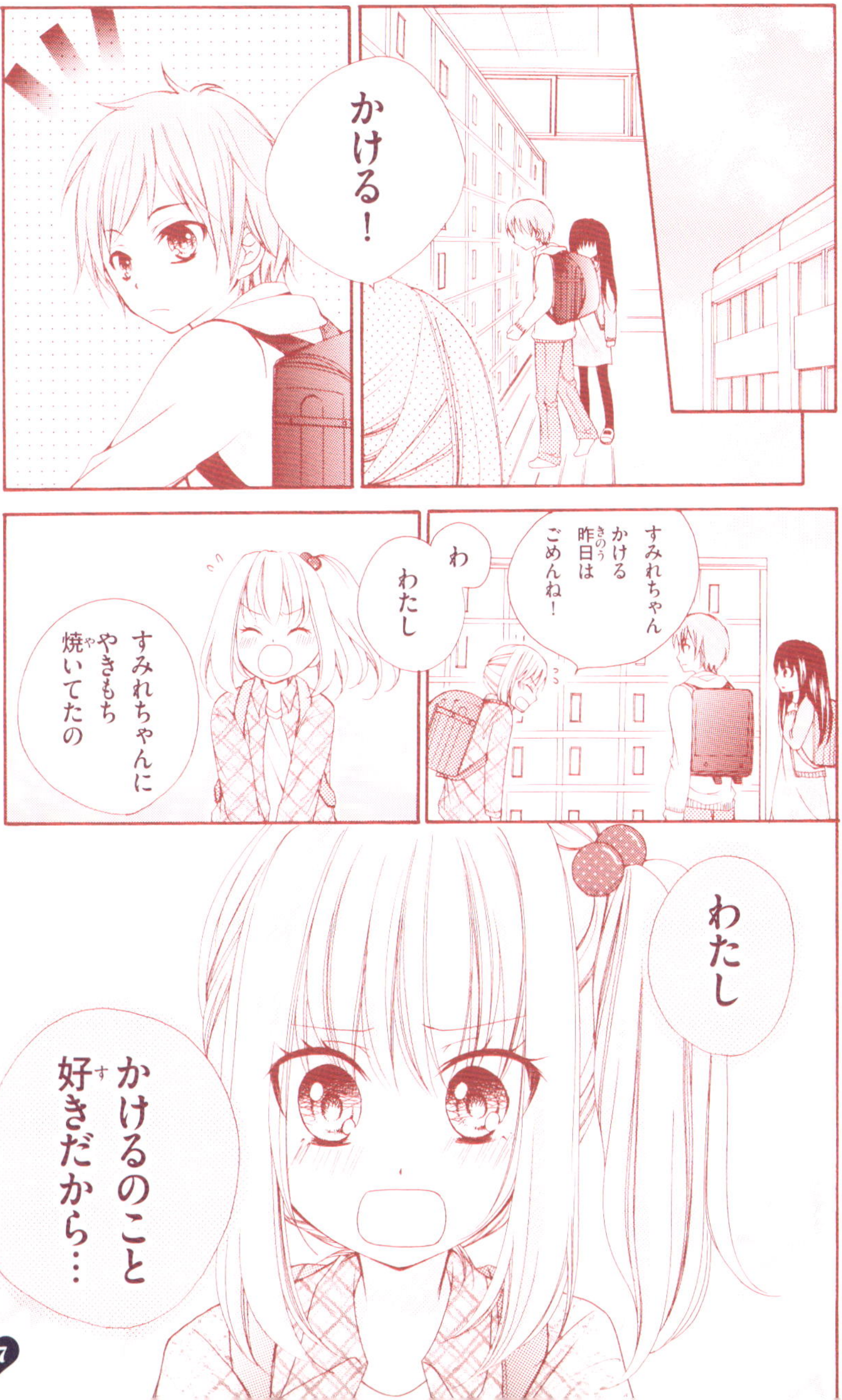
かける！
すみれちゃん かける 昨日《きのう》は ごめんね！
わ
わたし
すみれちゃんに やきもち 焼《や》いてたの
わたし
かけるのこと 好《す》きだから…

オレも
なつみのこと好《す》きだよ！

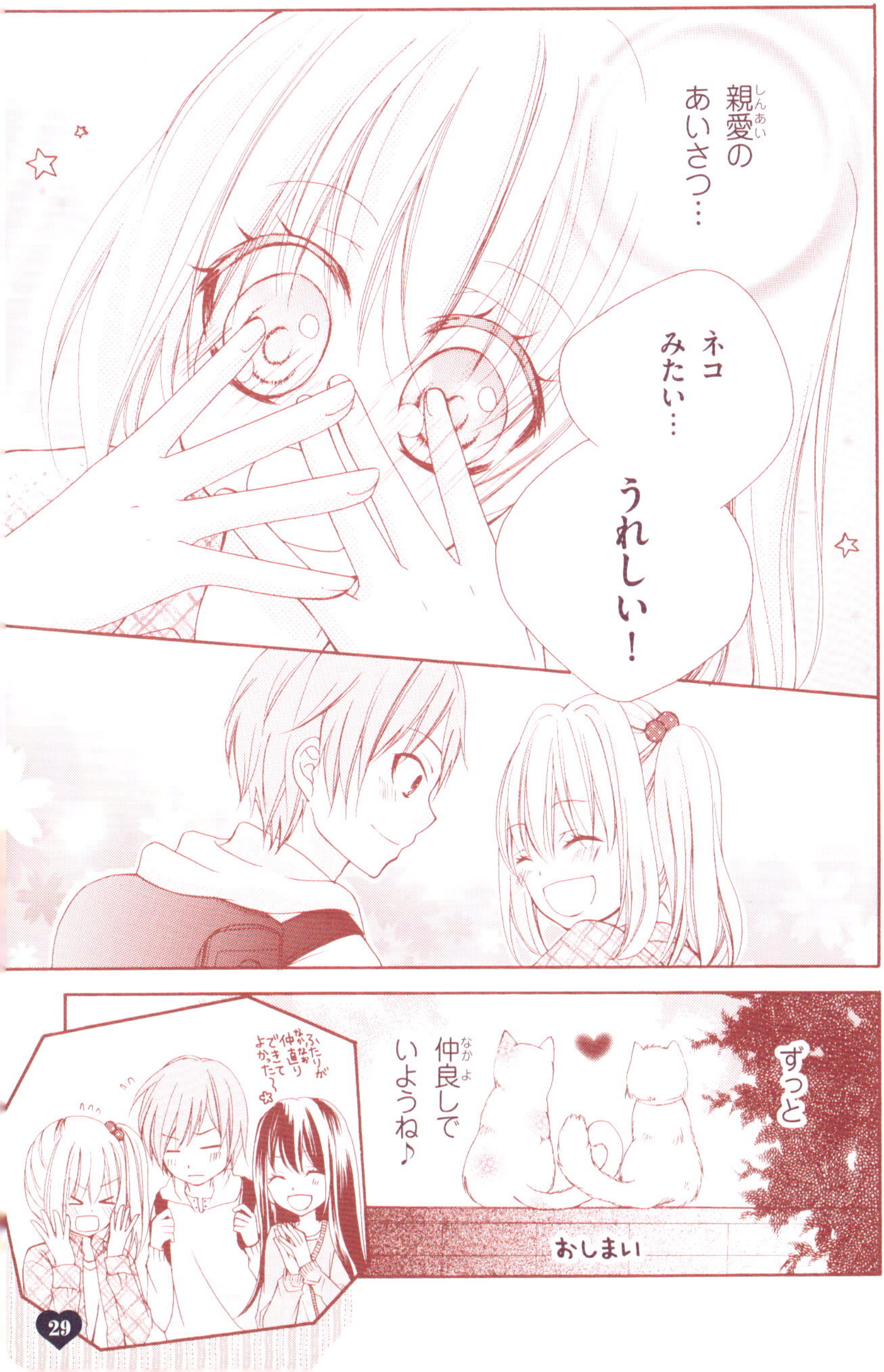
親愛《しんあい》のあいさつ…
ネコみたい…
うれしい！
ずっと
仲良《なかよ》しでいようね♪
ふたりが仲《なか》直《なお》りできてよかった〜
おしまい

第《だい》2話《わ》

# 子《こ》ネコがくれたすてきな日《ひ》

学校《がっこう》からの帰《かえ》り道《みち》、十《じゅう》メートルほど先《さき》を、見《み》なれた背中《せなか》が歩《ある》いていく。

（健太《けんた》だ！）

健太《けんた》は剣道部《けんどうぶ》。いつも、のびかけみたいな髪《かみ》をして、朝練《あされん》のあとはよくあくびをしている。体育《たいいく》と給食《きゅうしょく》の時間《じかん》が、一番《いちばん》イキイキするタイプだ。

少《すこ》し前《まえ》のこと。図書室《としょしつ》から健太《けんた》が、坂本龍馬《さかもとりょうま》の伝記《でんき》をかかえて出《で》てきた。感想文《かんそうぶん》の宿題用《しゅくだいよう》らしい。でも、もう一冊《いっさつ》、かくすように持《も》った本《ほん》のタイトルを、わたしは見《み》てしまった。『かわいいハムスター』……。

「ぷっ、イメージちがいすぎ！　思《おも》いだしただけで笑《わら》っちゃう」

でも、健太《けんた》のべつの一面《いちめん》をのぞいたような気《き》がして、それから気《き》になってしかたが

ない。まるで、わたしだけが知《し》っているヒミツのような……。

「ちょっとだけ、あとをつけちゃおうっと」

木《き》のかげにかくれながら歩《ある》いていると、健太《けんた》の姿《すがた》が急《きゅう》に消《き》えた。

「あれっ。見失《みうしな》った？　……キャッ」

「いってーっ！」

わたしはとつぜん、なにかにつまずいた。なんと、健太《けんた》が地面《じめん》に転《ころ》がっている。

「ご、ごめん！　まさか、こんなところにしゃがんでるなんて……」

「あっ、伊藤《いとう》じゃん！　おまえ、いいところに来《き》たな。これ見《み》て」

健太《けんた》は地面《じめん》に置《お》いてある段《だん》ボールを指《ゆび》さした。

ミュー　ミュー

『だれか育《そだ》ててください』と書《か》いたふたのあいだから、

二《に》ひきの子《こ》ネコがのびあがった。

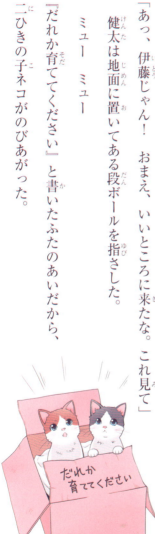

「わーっ、かわいい！」

そのときだ。

「ああ、この箱《はこ》だな。きみたち、それは捨《す》てネコだね？」

作業服《さぎょうふく》を着《き》たおじさんに、声《こえ》をかけられた。

「通《とお》りがかりの人《ひと》から保健所《ほけんじょ》に通報《つうほう》があって、保護《ほご》しに来《き》たんだよ」

健太《けんた》はパッと立《た》ちあがると、こう言《い》った。

「あ、あの、このネコ、ぼくたちが育《そだ》てることにしました。だから、保護《ほご》はしなくてだいじょうぶです！」

「ふーむ、ちゃんとおうちの人《ひと》の了解《りょうかい》はとったのかい？　のらネコを増《ふ》やすことは、不幸《ふこう》なネコを増《ふ》やすことにもなるんだよ」

「はい。ぼくとこの人《ひと》と、一《いっ》ぴきずつです。そうだよなっ！」

健太《けんた》がニコニコしながら、わたしをひじでつついた。

「……えっ？　あ、はい。そ、そういうことです！」

わたしも、思《おも》わずそう答《こた》えた。

おじさんがいなくなると、健太《けんた》は、一瞬《いっしゅん》にしていつもの脱力《だつりょく》モードにもどって、へなへなとしゃがみこんだ。

「サンキュー！　ああよかったー。おまえ、空気《くうき》よめるなあ」

「だって……。でも、ウソついちゃった。うち、お姉《ねえ》ちゃんがネコアレルギーだから飼《か》えないんだけど……」

「オレんちも、犬《いぬ》が二《に》ひきと、ハムスターが三《さん》びきもいるからさあ。でも、保健所《ほけんじょ》に送《おく》られたら、何日《なんにち》かあとには殺処分《さっしょぶん》だもんな。見《み》つけた以上《いじょう》、放《ほう》っておけないだろ？」

いつになく真剣《しんけん》な顔《かお》にドキッとして、わたしはうなずいた。

「……そうだよね。わたしにもなにかできること、あるかな」

「とにかく、飼《か》ってくれそうな人《ひと》をあたってみよう」

わたしたちは思《おも》いつく限《かぎ》りの人《ひと》をたずねたが、飼《か》ってもいいという人《ひと》は見《み》つからない。だんだん、空《そら》が暗《くら》くなってきた。

「こんなに探《さが》しても、だれもいないなんて……。どうしたらいいの？」

わたしは思《おも》わずなみだ声《ごえ》になった。かわいそうに、なにも知《し》らない子《こ》ネコたちは、むじゃきに指《ゆび》にじゃれついてくる。

「泣《な》くなよ。だいじょうぶ、オレ、あきらめないで探《さが》すからな」

健太《けんた》は、ポケットからハンカチを出《だ》してくれた。胸《むね》がじーんと熱《あつ》くなった。

そのとき、

「あら、ネコちゃん?」

茶髪《ちゃぱつ》のお姉《ねえ》さんが近《ちか》づいてきた。

「ねえ、こっちに来《き》て。かわいいよ!」

お姉《ねえ》さんに呼《よ》ばれて、小《ちい》さな女《おんな》の子《こ》をだっこしたお兄《にい》さんがやってきた。

「パパ、ニャーニャーいた!」

女《おんな》の子《こ》が、うれしそうにとびはねた。若《わか》いパパとママは、心配《しんぱい》そうに

「捨《す》てネコなの? この子《こ》たち」

わたしたちが事情《じじょう》を話《はな》すと、ふたりは顔《かお》を見《み》あわせた。

女《おんな》の子《こ》は、もう箱《はこ》のなかに手《て》を入《い》れて、子《こ》ネコをなでなでしている。

「この子《こ》も、ネコが大好《だいす》きなの。よかったら、もらってあげようか?」

「えっ、いいんですか?」

「前《まえ》まで、実家《じっか》から連《つ》れてきたネコを飼《か》っていたんだけど、年《とし》をとって死《し》んでしまっ

たの。そろそろさみしくなってきたところなんだ」

「二《に》ひきいっしょでいいよ。ネコ飼《か》うの、慣《な》れてるからだいじょうぶ」

「本当《ほんとう》ですか！　ありがとうございます！　あっ……」

箱《はこ》を渡《わた》そうとして、わたしと健太《けんた》の手《て》が重《かさ》なった。ほんの二秒《にびょう》くらいのあいだ、わたしたちは見《み》つめあった。

「なんだよ、ほら、伊藤《いとう》が渡《わた》せよ」

「健太《けんた》が見《み》つけたネコでしょ！」

「ふふ、仲良《なかよ》さそうで、いいじゃーん」

若《わか》い夫婦《ふうふ》は笑《わら》いながら箱《はこ》をかかえて、急《いそ》ぎ足《あし》で帰《かえ》っていった。

「すてきなふたりだったな。ああいうの、あこがれちゃうなあ」

照《て》れかくしのように、健太《けんた》が言《い》った。

「いい家族《かぞく》だったね。わたしもいつか、ネコ飼《か》いたいなあ」

「うん、オレも」

わたしと健太《けんた》は、思《おも》わず顔《かお》を見《み》あわせて真《ま》っ赤《か》になった。心臓《しんぞう》がドキドキ、ほっぺたが熱《あつ》い。

「そ、そういえば、伊藤《いとう》んち、逆方向《ぎゃくほうこう》じゃん。こっちになにか用《よう》だったの？」

「えっ、ま、まあね！　じゃ、わたし、おそくなるから帰《かえ》るわ」

「おう、じゃあな、また明日《あした》！」

「うん、また明日《あした》ね！」

わたしは家《いえ》へと走《はし》りだした。ウキウキして、足《あし》がひとりでにスキップになっていた。

第《だい》3話《わ》

# ボクとまほちゃん

ボクとまほちゃんは、もう十年以上《じゅうねんいじょう》のつきあいさ。

だから、ボク、まほちゃんのことは、だれよりもよく知《し》ってるよ。ねぞうが悪《わる》いことも、まくらの下《した》にマンガをかくしていることも。日記帳《にっきちょう》だって読《よ》んでるよ。

えっ、個人情報《こじんじょうほう》だって？　人《ひと》の日記《にっき》なんか読《よ》んじゃだめだって？

人聞《ひとぎ》き、いや、ネコ聞《ぎ》きの悪《わる》いこと言《い》わないでよ！　ぬすみ読《よ》みじゃないよ。まほちゃん、いつもボクを机《つくえ》の上《うえ》にのせるんだ。日記《にっき》だけじゃなくて、宿題《しゅくだい》をやるときもそうさ。ボクが机《つくえ》の上《うえ》にいると、安心《あんしん》して作業《さぎょう》ができるらしいんだ。

「クマちゃん、終《お》わるまでそこにいてね」

って。あ、クマちゃんって、ボクのことだよ。白黒《しろくろ》ブチで、顔《かお》は上半分《うえはんぶん》と鼻《はな》が黒《くろ》いんだ。ヘンなもよう？　じょうだん言《い》うなよ、男前《おとこまえ》だぜ。

そんなわけで、ずっとまほちゃんの宿題《しゅくだい》や日記《にっき》を見《み》てたからさ、いつのまにか字《じ》が読《よ》めるようになっちゃったんだ。算数《さんすう》も、簡単《かんたん》な問題《もんだい》なら解《と》けるよ。計算《けいさん》がまちがっているときは、しっぽでノートをパタパタしてあげる。まほちゃんは、半信半疑《はんしんはんぎ》で、

「クマちゃん、わかるの？　ウソー、まさかね……」

なんて言《い》うけれど、ふふっ、いつかボクの実《じつ》力《りょく》に気《き》づいてほしいもんだ。

そんなまほちゃんだけど、最近《さいきん》ちょっとおかしいんだ。ほおづえをついて、シャーペンをクルクルまわしながら、ぼーっと壁《かべ》を見《み》つめてる。いつも時間割《じかんわり》やメモがはってあるコルクボードを見《み》てるのさ。

ボクは、まほちゃんの視線《しせん》を追《お》って、ボードに顔《かお》を近《ちか》づけてみた。

「なんだ、写真《しゃしん》か」

それは、男《おとこ》の子《こ》の写真《しゃしん》。遠足《えんそく》のときのかな？　お弁当《べんとう》を食《た》べてる。

「勇気出《ゆうきだ》せ、まほ」

とつぜん、まほちゃんがつぶやいた。

## ボクとまほちゃん

「バレンタイン、がんばれ、まほ！」

えっ、ひとりごと？　ははーん、そうか。まほちゃん、この子《こ》が好《す》きなんだな。そうとわかれば、そりゃ応援《おうえん》しなくっちゃ！

まほー、まほー、がーんばれー！　いけー、いけー、そのちょうし！

「ちょっと、クマちゃんったら、なにニャーニャーないてんのよ。さっきご飯《はん》食《た》べたばっかりじゃん」

ちぇっ、これだからこまるんだよ。ネコ語《ご》、少《すこ》しは勉強《べんきょう》してくれよ！

その日《ひ》、まほちゃんは、日記《にっき》にこう書《か》いた。

『あさっては、バレンタインデー。ぜったい、真《しん》ちゃんに告白《こくはく》するぞ♡♡　このままじゃ後悔《こうかい》しちゃう。がんばれ、まほ！』

そうだ、勇気《ゆうき》出《だ》せ、まほ！

ボクは、まほちゃんのほっぺに、どーんと頭《ず》つきをしてやった。激励《げきれい》のしるしだ。

「クマちゃん、応援《おうえん》してくれてるの？　サンキュー」

やっぱりきもちは伝《つた》わるね。つきあい長《なが》いもんね。

次《つぎ》の日《ひ》、まほちゃんはキッチンで、なにかをつくり始《はじ》めた。

「えっと、チョコをとかすには……湯《ゆ》せん？　ふーん、お湯《ゆ》にボウルをつけて……」

なるほど、バレンタインチョコか。それにしてもまほちゃん、もうあちこちにチョコがついてるけど、だいじょうぶ？　だいたい、まほちゃん、お料理《りょうり》だって手伝《てつだ》わないのに……。あっ！

「キャー、失敗《しっぱい》！　お湯《ゆ》のなかにチョコをこぼしちゃった。どうしよう～」

やれやれ、言《い》わんこっちゃない。ああ、ネコの手《て》でよければ、貸《か》してあげたいよ。

ボクはもう、気《き》が気《き》じゃない。がんばってくれよ！　まほちゃん。ニャーニャー。

「ありがとう、クマちゃん。クマちゃんはチョコ食《た》べられなくて、残念《ざんねん》だなあ」

はい、ネコにチョコはNG《エヌジー》ですからね。ボクは目《め》をそらす。

キッチンのテーブルには、かわいい箱《はこ》や包《つつ》み紙《がみ》も用意《ようい》してある。色《いろ》とりどりのつぶつぶは、かざりかな。太《ふと》いペンみたいなものもあるぞ。大《おお》きなハートの型《かた》に入《い》れて、冷《ひ》やして……。

それからしばらくして、まほちゃんは、冷蔵庫《れいぞうこ》から型《かた》を取《と》りだした。

「んっ？　なにこれ、くっついちゃってる！」

ちょっと、無理《むり》にやっちゃだめだよ、まほちゃん！　失敗《しっぱい》しない外《はず》しかた、確《たし》かレシピ本《ぼん》に書《か》いてあったでしょ、ほら、ここ！　ボクはページをフミフミした。でも、まほちゃんはぜんぜん聞《き》いてない。

「えいっ、それっ。……あっ！」

ハートは見事《みごと》に三分割《さんぶんかつ》。ボクとまほちゃんは、言葉《ことば》を失《うしな》った。

まほちゃんは、ボクをじーっと見《み》つめた。目《め》がウルウルしている。今《いま》にも泣《な》きだしそう。ああ、どうしたらいいんだ。

そのとき、まほちゃんがさけんだ。

「そうだっ！」

そして、夢中《むちゅう》でなにかをつくり始《はじ》め、しばらくして
「できた！　クマちゃんのおかげだよ。ありがとう」

わーっ！　それは、ハート形《がた》のボクの顔《かお》だった。

割《わ》れたところはホワイトチョコでぬってごまかして、デコペンとかいうものでひげまでかいて……。

感激《かんげき》！　でも、これでいいの？　真《しん》ちゃんはよろこんでくれるのかな？

バレンタインの日《ひ》。まほちゃんは、無事《ぶじ》にチョコを渡《わた》したらしい。日記《にっき》にはそう書《か》いてあった。でも、結果《けっか》はどうだったのか、ボクは気《き》が気《き》じゃない。なんだか、自分《じぶん》の責任《せきにん》みたいな気分《きぶん》……。

そして、また次《つぎ》の日《ひ》。

まほちゃんが、真《ま》っ先《さき》にボクのところに走《はし》ってきた。

「ただいまーっ」

「クマちゃん、真《しん》ちゃんがね、チョコありがとう、って。ちょっとヘンなチョコだったけど、かわいいねって。うちのネコなんだけど、見《み》に来《く》る？　って聞《き》いたら、見《み》たいって。来週《らいしゅう》の水曜日《すいようび》に来《く》るって。真《しん》ちゃんも、ネコ大好《だいす》きなんだって！」

ああ、よかったー。ヘンなチョコ、ってとこが気《き》になるけどさ。真《しん》ちゃん、案外《あんがい》いいやつだな。あー、ほっとした。

「来週《らいしゅう》って言《い》っても、すぐだよね。部屋《へや》、片付《かたづ》けなきゃ。クマちゃん、どうしよう！」

まほちゃんは、急《きゅう》にあわてだした。ふふ、またネコの手《て》がいるときには言《い》ってくれよ。いつでも味方《みかた》だからさ！　ふわ〜、でもその前《まえ》に、ちょっとお昼寝《ひるね》させてもらうよ。おやすみー。

# 第《だい》4話《わ》 ミイとの約束《やくそく》

ミイは、うちの三毛《みけ》ネコ。わたしよりずっと年上《としうえ》で、それどころか、もうおばあさんだ。

わたしが赤《あか》ちゃんのときには、いっしょにベビーベッドに寝《ね》ていたし、ハイハイをするようになると、いつも心配《しんぱい》そうに見張《みは》っていたらしい。どんなにしっぽやひげを引《ひ》っ張《ぱ》っていたずらしても、わたしには怒《おこ》ったりひっかいたりしなかった。めいわくそうな顔《かお》をしながらも、いつもどーんとかまえて、

「しかたないわねえ、このおちびさんときたら」

というように、目《め》を細《ほそ》めていた。

「ミイは、はるかの保護者《ほごしゃ》みたいね」

お母《かあ》さんが、よくおかしそうにそう言《い》った。

たしかに、わたしは半分《はんぶん》くらい、ミイに育《そだ》てられたと言《い》ってもいいかもしれない。

うちは飲食店《いんしょくてん》をやっていたので、お父《とう》さんもお母《かあ》さんもとてもいそがしくて、あまりかまってもらえなかった。ひとりでぽつんとしていると、どこからかミイがやってきて、となりに座《すわ》ってくれた。家《いえ》の前《まえ》の空《あ》き地《ち》で、いっしょにバッタを追《お》いかけたこともある。

ミイは、とても落《お》ち着《つ》いた性格《せいかく》で、めったなことでは動《どう》じない。でも、ひとつだけとてもきらいなことがあった。

それは、ケンカだ。

お父《とう》さんとお母《かあ》さんが夫婦《ふうふ》ゲンカを始《はじ》めると、散歩《さんぽ》に行《い》っていたはずのミイが、どこからかスーッとやってきて、まず、部屋《へや》の入口《いりぐち》に座《すわ》る。そして、しばらくようすを見《み》ているが、いつまでも終《お》わらないと、おもむろに立《た》ちあがり、ケンカをしているふたりのあいだにスッと入《はい》って、足《あし》もとに座《すわ》る。

たいていはこのあたりで、ケンカ中《ちゅう》のふたりは気《き》が散《ち》り始《はじ》める。そして、どちらからともなく、

「あー、わかったわかった！　ミイにはかなわないよ、まったく」

と笑《わら》いだし、ケンカは続《つづ》かなくなる。ミイはなにごともなかったように立《た》ち去《さ》ると、またお散歩《さんぽ》に出《で》かける。こんな調子《ちょうし》だ。それは、わたしと弟《おとうと》のきょうだいゲンカでも同《おな》じこと。ミイがいたおかげで、わが家《や》では、ケンカは長引《ながび》かずにすんでいた。

そんなミイとの日々《ひび》に、忘《わす》れられない出来事《できごと》があった。中学生《ちゅうがくせい》になったわたしは、反抗期《はんこうき》でイライラしていて、よく家族《かぞく》にあたっていた。ちょっとした一言《ひとこと》にムカついて、ひどい言《い》いかたをすることもしょっちゅうだった。

「はるか、今日《きょう》、じゅくは休《やす》みよね。お母《かあ》さん、かぜで具合《ぐあい》が悪《わる》いのだけど、買《か》い物《もの》に行《い》ってくれないかしら」

「ふん、休《やす》みって言《い》ったって、そんなにヒマじゃないよ。宿題《しゅくだい》いっぱいあるし。買《か》い物《もの》なんて、昨日一度《きのういちど》にすませとけばよかったじゃん。要領悪《ようりょうわる》いんだから」

言《い》いすぎたと思《おも》ったけれど、もう取《と》り返《かえ》しがつかない。すると、手伝《てつだ》いに来《き》ていたおばあちゃんが、見《み》かねてこう言《い》った。

「はるか、そんな言《い》いかたはいけない。具合《ぐあい》の悪《わる》いときぐらい、優《やさ》しくするものよ」

でも、わたしの口《くち》は止《と》まらなかった。今《いま》、思《おも》いだしてもぞっとするけれど、

「うるさい、よけいな口出《くちだ》しするな。死《し》ね、ババア」

そう言《い》ったのだ。そのとたん、熱《ねつ》を出《だ》していたお母《かあ》さんがふとんから立《た》ちあがり、わたしにつかみかかってきた。いつもは、けっしてそんなことはしないのに。

「もう一度《いちど》言《い》ってごらん。そんなひどい言葉《ことば》。はずかしいと思《おも》いなさい！」

「だって、おばあちゃんは関係《かんけい》ないじゃん！　入《はい》ってくるのが悪《わる》いんだ！」

わたしはお母《かあ》さんをつき飛《と》ばした。そのときだ。なにかが風《かぜ》のように飛《と》んできて、そばにスタッと着地《ちゃくち》した。ミイだった。バチバチと静電気《せいでんき》が起《お》こりそうなほど、毛《け》が逆立《さかだ》っている。ミイは、なみだぐんでいるおばあちゃんをかばうように立《た》ちふさがると、背中《せなか》もしっぽも弓《ゆみ》のようにして、今《いま》まで見《み》たこともないようなおそろしい顔《かお》で
シャーッ！　とうなった。

「ミイまで、うるさい！　じゃましないで！」

言《い》い返《かえ》したが、わたしは完全《かんぜん》に負《ま》けていた。ミイは一歩《いっぽ》もひるまず、わたしをじっと見《み》つめると、やがて、静《しず》かにそこに座《すわ》った。だれもなにも言《い》えなかった。飛《と》んできたお父《とう》さんと弟《おとうと》までもが、シーンとするほどの迫力《はくりょく》だった。

わたしは、部屋《へや》にかけあがり、わんわん泣《な》いた。イライラも怒《いか》りも悲《かな》しみも、みんなはきだすように泣《な》きじゃくった。さんざん泣《な》いて気《き》がつくと、ミイがわたしの横《よこ》にいて、ほっぺたをなめてくれた。ミイは、いつもとちがうエネルギーを使《つか》ってしまったのか、急《きゅう》に年《とし》をとったようにも見《み》えた。

「ミイ、ごめんね。もうあんなことしないからね」

落《お》ち着《つ》いてから、わたしは家族《かぞく》に謝《あやま》った。みんな優《やさ》しく、許《ゆる》してくれた。

★

もうすぐ二十歳《にじゅっさい》のミイは今《いま》、目《め》も見《み》えなくなり、ご飯《はん》もほとんど食《た》べず、家族《かぞく》の集《あつ》まる茶《ちゃ》の間《ま》の寝床《ねどこ》で、こんこんとねむっている。長《なが》くてあと二週間《にしゅうかん》くらいかもしれないから、おだやかに過《す》ごさせてあげてくださいと、お医者《いしゃ》さんに言《い》われた。わたしは、ミイをなでてやりながら、心《こころ》のなかで毎日《まいにち》、こう話《はな》しかけている。

（ミイ、いつかの約束《やくそく》、ずっと守《まも》るから、安心《あんしん》してね。おまえをがっかりさせたり、ぜったいにしないから）

## 第《だい》5話《わ》

# ないしょののらネコ

「ジョジョ、おいで。ご飯《はん》だよ」

窓《まど》から小声《こごえ》で呼《よ》びかける。どこにかくれていたのか、スラリとしっぽを立《た》てた白《しろ》い子《こ》ネコが、わたしの部屋《へや》にすべりこんできた。

ニャーン　ニャーン

「しーっ、お父《とう》さんに聞《き》こえたらたいへん！」

わたしはあわてて部屋《へや》の外《そと》を確《たし》かめた。だいじょうぶ、だれもいない。

「おぎょうぎよく食《た》べるね、ジョジョは」

まったく、ほれぼれしてしまう。ジョジョは耳《みみ》の先《さき》からしっぽの先《さき》まで真《ま》っ白《しろ》で、青《あお》い目《め》はサファイアのよう。半年《はんとし》ほど前《まえ》、近所《きんじょ》にいた白黒《しろくろ》ののらネコが生《う》んだ子《こ》だ。

「かわいいわねえ。お父《とう》さんがネコ好《ず》きだったらねえ」

と、お母《かあ》さんは、首《くび》をふる。お父《とう》さんはネコがきらいだ。今《いま》まで何度《なんど》も、ジョジョを飼《か》う相談《そうだん》をしたけれど、

「だめだ！　花《か》だんにフンはするし、柱《はしら》はひっかくし、ノミはつくし、ネコなんてろくなもんじゃない。だいたい、あの目《め》がいけない。あれは人《ひと》を疑《うたが》う目《め》だ」

と、取《と》りあってもくれない。

（それは、お父《とう》さんがネコを信用《しんよう》していないからよ。それに、ジョジョの目《め》はこーんなにきれいなんだから）

そんなこと、口《くち》に出《だ》しては言《い》えない。ましてや、ときどき部屋《へや》に入《い》れているなんて知《し》られたら、たいへんだ。

「少《すこ》しずつ、うちのネコにしてあげるからね」

『ジョジョ』という名前《なまえ》には、そういう願《ねが》いもこめてある。そう、じょじょにうちの

ネコになるように！

「一度《いちど》シャンプーしてあげたいけど、いやがるわよねえ」

お母《かあ》さんが言《い》った。本当《ほんとう》は、お母《かあ》さんもジョジョを気《き》に入《い》っているのだ。

ところが、ジョジョはある日《ひ》、急《きゅう》に姿《すがた》を見《み》せなくなった。毎日来《まいにちき》ていたのに……。

一週間《いっしゅうかん》ほどたったころ、友《とも》だちにうわさ話《ばなし》を聞《き》いた。

「先週《せんしゅう》、三丁目《さんちょうめ》の角《かど》で、白《しろ》いネコが車《くるま》にひかれたんだって」

「えっ」

心臓《しんぞう》が飛《と》びだしそうになった。その現場《げんば》まで勇気《ゆうき》を出《だ》して行《い》ってみたけれど、だれもわかる人《ひと》はいなかった。でも、わたしの頭《あたま》のなかはもう、最悪《さいあく》の出来事《できごと》でいっぱいになっていた。

（ジョジョ、ごめん。もっと早《はや》くうちの子《こ》にしてあげればよかった）

わたしの部屋《へや》は、ジョジョの思《おも》い出《で》ばかりだ。机《つくえ》の下《した》にかくしたカニカマ風味《ふうみ》のおやつは、ジョジョの大好物《だいこうぶつ》。おもちゃのネズミはおこづかいで買《か》ったものだ。放《ほう》り投《な》げると、遊《あそ》んではまたくわえて持《も》ってきて『ねえ、投《な》げて』という顔《かお》をするのがかわいくて……。

窓《まど》の外《そと》で、木《き》の葉《は》のかげがゆれるだけでハッとしては、なみだが出《で》てくる。

「きっとべつのネコよ。ジョジョは、いい人《ひと》に拾《ひろ》われたのかもしれないわ。器量《きりょう》のいい子《こ》だったから」

お母《かあ》さんがなぐさめてくれたけれど、ちっとも耳《みみ》に入《はい》らない。そのうちに、ご飯《はん》ものどを通《とお》らなくなってしまった。

「彩花《あやか》、どうしたんだ?」

夕《ゆう》ご飯《はん》を食《た》べながら、お父《とう》さんが心配《しんぱい》そうにたずねた。

「ネコがきらいな人《ひと》となんか、話《はな》したくない!」

わたしは、思《おも》わずつっぱねた。

「えっ、ネコが……どうかしたのかい？」

「知《し》らない！　今《いま》さら話《はな》したって、もう帰《かえ》ってこないんだから！」

お父《とう》さんがハッと言葉《ことば》をのみこむのが見《み》えた。でもわたしは、席《せき》を立《た》って部屋《へや》にかけこむと、泣《な》きながらねむってしまった。

それから何日《なんにち》かたった日曜日《にちようび》の朝《あさ》、お父《とう》さんに起《お》こされた。

「彩花《あやか》、今《いま》、ウオーキングのとちゅうで、通《とお》りのむこうの公園《こうえん》にジョジョみたいなネコがいたんだ。いっしょに見《み》に行《い》こう」

「えっ、ジョジョって……。お父《とう》さん、名前《なまえ》知《し》ってるの？」

「じょじょにうちのネコになるように、って意味《いみ》だって？　お母《かあ》さんに聞《き》いたよ。はは、なかなかいいセンスだなあ」

わたしはあわててお父《とう》さんを追《お》いかけた。

「こんな遠《とお》い公園《こうえん》まで来《く》るかしら。ほんとにジョジョ？」

「ほら、彩花《あやか》、あそこ！」

真《ま》っ白《しろ》いものが、サッと植《う》えこみにかくれた。地面《じめん》に頭《あたま》をつけるようにしてのぞくと……。子《こ》ネコのシルエットが、おびえるようにこっちを見《み》ている。

「あっ、ジョジョ！　ジョジョ、出《で》ておいで！」

ニャーン

聞《き》きなれたあまえ声《ごえ》がして、白《しろ》いネコが飛《と》びだしてきた。青《あお》い目《め》は目《め》やにでよごれ、すっかりやせていたけれど、まちがえるはずがない。

「ジョジョ、ジョジョ！」

ジョジョは、わたしにしがみついてきた。ずっと心細《こころぼそ》い思《おも》いをしていたのか、体《からだ》がブルブルふるえている。

「ジョジョ、もうだいじょうぶだからね。ずっとうちの子《こ》だよ」

思《おも》わずそう言《い》ってしまって、わたしはハッとお父《とう》さんを見《み》た。お父《とう》さんはニコニコしながら、

「見《み》つかってよかったなあ。きっと大通《おおどお》りを渡《わた》っちゃって、こっちにもどれなくなったんだろう」

「お父《とう》さん……ネコがきらいなんじゃないの？」

「うーん、彩花《あやか》がそんなにかわいがっているなら、好《す》きになる努力《どりょく》をするよ。この子《こ》をうちの家族《かぞく》にしよう」

お父《とう》さんは、苦笑《にがわら》いをした。

「お父《とう》さん、ありがとう。この前《まえ》は、ひどいこと言《い》って、ごめんなさい。トイレもちゃんとしつけるからね。ジョジョはかしこいから、きっとだいじょうぶ！」

胸《むね》がいっぱいで、それ以上《いじょう》、なにも言《い》えない。

ニャーン

うでのなかで、ジョジョもお父《とう》さんを見《み》あげてないた。ありがとう！　と言《い》うように。

第《だい》6話《わ》

# 空《そら》の見《み》える家《いえ》

ボクには、名前《なまえ》が三《みっ》つあるんだ。ひとつ目《め》はチビ。これは、この辺《あた》りの子《こ》どもたちがボクを呼《よ》ぶ名前《なまえ》。ふたつ目《め》は、リボンちゃん。ボクを女《おんな》の子《こ》だと思《おも》っている駐輪場《ちゅうりんじょう》のおばさんがつけた名前《なまえ》。

そして、三《みっ》つ目《め》はレオ。かっこいいだろ。この名前《なまえ》は、ゲンさんっていうおじいさんがつけてくれたんだ。正式《せいしき》には、レオナルド・なんとかかんとか、っていって、むかーしむかしの、神様《かみさま》みたいなすごい芸術家《げいじゅつか》の名前《なまえ》なんだって。ゲンさんは、若《わか》いころ、学校《がっこう》で彫刻《ちょうこく》を習《なら》っていたんだそうだ。本物《ほんもの》のレオナルド・なんとかかんとかの自《じ》画像《がぞう》っていうのも、見《み》せてもらったけど、顔中《かおじゅう》ひげモジャで、ボクよりもゲンさんにふさわしい名前《なまえ》なんじゃないかなって思《おも》ったよ。

ボクは、子《こ》ネコだったとき、箱《はこ》に入《い》れられたまま、河原《かわら》に捨《す》てられたんだ。ものすごく寒《さむ》い夜《よる》だったよ。ひどいだろ？　それを助《たす》けてくれたのが、ゲンさんなんだ。

「やあ、ちっちゃいなあ。かわいそうに」

ゲンさんは、ボクを手《て》ぬぐいにくるんで、そのまま家《いえ》に連《つ》れて帰《かえ》った。家《いえ》っていっても、それまでボクが暮《く》らしてたところとは、ぜんぜんちがう。ダンボールでできていて、せまくて、床《ゆか》はやぶれていて、草《くさ》がのぞいてる。虫《むし》やトカゲも入《はい》れる家《いえ》だよ。でも、きちんと片付《かたづ》いていて、居心地《いごこち》がよかった。ボクたち

はいつもくっついてねむって、とても幸《しあわ》せだった。サバのカンヅメや、カップラーメンも分《わ》けて食《た》べた。ラーメンは、ちゃんと冷《さ》ましてから、ボクにくれるんだ。

ダンボールの家《いえ》の壁《かべ》ぎわには、本《ほん》がたくさん積《つ》んであって、着《き》るものよりも大事《だいじ》にビニールでくるんであった。ゲンさんは、空《あ》きカンや雑誌《ざっし》を拾《ひろ》って売《う》りに行《い》っては、食《た》べ物《もの》を手《て》に入《い》れてきたけど、ときどき、食《た》べ物《もの》じゃなくて本《ほん》を買《か》ってきちゃって、ボクはよく文句《もんく》を言《い》ったものさ。

そんな暮《く》らしをしていた、ある日《ひ》のこと。今《いま》までにないほどすごい嵐《あらし》がきて、ゲンさんの家《いえ》を、半分《はんぶん》ふき飛《と》ばしてしまった。本《ほん》も家財道具《かざいどうぐ》もゲンさんも、びしょぬれになった。ゲンさんは、だまって本《ほん》を河原《かわら》に干《ほ》したけど、もうめくれそうにもないくらい、くっついちゃっていたよ。その夜《よる》、ぽっかりあいた天井《てんじょう》から、ぴかぴかのお月様《つきさま》を見《み》ながら、ゲンさんはつぶやいた。

「空《そら》の見《み》える家《いえ》になんて、なかなか住《す》めるもんじゃないぞ。なあ」

それから、ゲンさんは高熱《こうねつ》を出《だ》した。夏《なつ》だからどんどん熱《あつ》くなってね。心配《しんぱい》したボクがあんまりニャーニャーなくものだから、近《ちか》くに住《す》んでいるおじさんが救急車《きゅうきゅうしゃ》を呼《よ》んでくれて、ゲンさんは、病院《びょういん》に運《はこ》ばれていった。

それから、何《なん》か月過《げつす》ぎたころだろう。なんとか河原暮《かわらぐ》らしも板《いた》についたボクが、土《ど》手《て》を散歩《さんぽ》していると……。

「レオ。元気《げんき》でいたのか！」

聞《き》きなれた声《こえ》にふりむくと、そこに、チェックのシャツを着《き》た、白髪頭《しらがあたま》のおじいさんが立《た》っていた。あんまりこざっぱりしていたから、わからなかったけれど、それはゲンさんだった。もう、レオナルド・なんとかかんとかみたいに、ひげモジャじゃないんだ。

ゲンさんは、入院《にゅういん》をきっかけにグループホームに入《はい》って、今《いま》は仲間《なかま》に絵《え》のかきかたや木《き》の彫刻《ちょうこく》を教《おし》えながら暮《く》らしているんだって。

「もう、空《そら》の見《み》える家《いえ》は、卒業《そつぎょう》したよ。今住《います》んでいるのは、この土手《どて》をおりて少《すこ》し歩《ある》いたところなんだ。だから、レオ、いつでも遊《あそ》びに来《き》てくれよな」

ゲンさんは、ボクにご飯《はん》をくれながら、なみだぐんでいた。

もちろんだよ、あたりまえじゃないか！　うれしくてうれしくて、ボクはなきながら、ゲンさんの足《あし》もとをグルグルまわった。

ありがとう、ゲンさん。やっぱり、ボクたちは家族《かぞく》なんだ。今《いま》までも、そしてこれからもずっと！

第《だい》7話《わ》

# 今日《きょう》からわたしは子《こ》ネコのママ

明日《あした》から冬休《ふゆやす》みという日《ひ》。家《いえ》の近《ちか》くの路地《ろじ》を歩《ある》いていると、夕日《ゆうひ》に照《て》らされて、黒《くろ》い小《ちい》さい生《い》きものが落《お》ちているのが見《み》えた。

(なに？　ネズミみたいだけど……)

よく見《み》ると、それは、生《う》まれて間《ま》もない小《ちい》さな子《こ》ネコだった。

(死《し》んでるのかしら……)

ドキドキしながら手《て》のなかに包《つつ》むと、目《め》もあいていないし、ちっとも動《うご》かない。

でも、かすかに体温《たいおん》が感《かん》じられた。

「生《い》きてるかも！」

わたしは、子《こ》ネコに息《いき》を吹《ふ》きかけながら、あわてて家《いえ》にかけこむと、使《つか》い捨《す》てカイロをハンカチにくるんで、子《こ》ネコを温《あたた》めた。

すると……。

「キャッ、動《うご》いた！　生《い》き返《かえ》った～！」

冷《つめ》たく固《かた》まっていた子《こ》ネコが、わたしの手《て》のなかで、もぞもぞと動《うご》き始《はじ》めたのだ。飛《と》んできたママが、悲鳴《ひめい》のような声《こえ》をあげた。

「まあっ、リサ。なにそれ！　どうしたの？」

「子《こ》ネコだよ。道《みち》に落《お》ちてたの。温《あたた》めたら、動《うご》きだしたの！」

「ひゃー、小《ちい》さいわねえ。かわいた糸《いと》みたいのがついてるけど、まさか、へその緒《お》かしら」

「えっ、へその緒《お》？」

お母《かあ》さんネコはどこに行《い》ってしまったんだろう。とにかく、ママといっしょに、子《こ》ネコを獣医《じゅうい》さんに連《つ》れていくことにした。

「この子《こ》は、生後三日《せいごみっか》ぐらいかなあ。拾《ひろ》ってもらえなかったら、生《い》きられなかったよ。子《こ》ネコの恩人《おんじん》だ」

先生《せんせい》は、優《やさ》しくわたしにほほえんだ。

「ネコのお母《かあ》さんは、数《かぞ》えるのが苦手《にがて》でね。子《こ》どもが一《いっ》ぴき減《へ》っても、気《き》がつかないことがあるんだ。きっと、移動中《いどうちゅう》にくわえていて落《お》としたんだろう」

「お母《かあ》さんネコがいなくても、育《そだ》てられますか？」

すると、先生《せんせい》は、わたしを見《み》つめてこう言《い》った。

「きみに、この子《こ》のママになるかくごはあるかい？」

「はい」

自分《じぶん》でもびっくりするぐらいはっきりと、わたしは答《こた》えた。子《こ》ネコは、ときどき弱々《よわよわ》しく首《くび》を持《も》ちあげている。おっぱいを探《さが》しているのだ。

だれかがお母《かあ》さんの代《か》わりをしてあげなくちゃ！

先生《せんせい》は、うなずいて、小《ちい》さなほ乳《にゅう》ビンと粉《こな》ミルクを出《だ》してくれた。

「何度《なんど》もおなかをすかせると思《おも》うから、夜中《よなか》もミルクをあげてね。ウンチは、おしりをそっと刺激《しげき》して、出《だ》させてあげるんだ」

その夜《よる》から、子《こ》ネコのママになる修行《しゅぎょう》が始《はじ》まった。

「名前《なまえ》はぴっち。わたしの好《す》きな絵本《えほん》の主人公《しゅじんこう》と同《おな》じよ」

左手《ひだりて》には、タオルにくるんだぴっち、右手《みぎて》にはほ乳《にゅう》ビン。ぴっちは、乳首《ちくび》を弱々《よわよわ》しくかむけれど、なかなか飲《の》むことができない。はじめはがんばっていたぴっちも、そのうちにくたびれて、あきらめてしまう。ママが心配《しんぱい》そうに言《い》った。

「弱《よわ》っていて力《ちから》がないのね。もう一度《いちど》、先生《せんせい》に聞《き》いてみましょうよ」

先生《せんせい》は、ぴっちを見《み》て、うーんとうなった。

「この子《こ》はまだはらペコだなあ。満《み》ちたりた子《こ》ネコってのは、おなかがポンポンにふくらんでいるものだからね」

そして、ミルクの入《はい》った、おもちゃみたいな注射器《ちゅうしゃき》の先《さき》に、細《ほそ》い管《くだ》のついたものを持《も》ってきて、管《くだ》をぴっちの口《くち》からスイスイと入《い》れた。

「だ、だいじょうぶなんですか？　そんなことして……」

「非常手段《ひじょうしゅだん》だよ。カテーテルといって、胃袋《いぶくろ》に直接《ちょくせつ》ミルクを入《い》れてやる道具《どうぐ》なんだ」

先生《せんせい》は、ゆっくりとミルクをおしだした。ぴっちはしばらく手足《てあし》を動《うご》かしていたが、やがて満足《まんぞく》そうな顔《かお》で静《しず》かになった。

「わたしにも、できるかなあ」

「できると思《おも》うけど、まずお母《かあ》さんに練習《れんしゅう》してもらったほうがいいね」

お母《かあ》さんが、先生《せんせい》に教《おそ》わりながら、真剣《しんけん》な顔《かお》でトライした。

「思《おも》ったより難《むずか》しくないわ。わたしもいつもこの子《こ》を見《み》ていられるとは限《かぎ》らないし、リサはしんちょうだからだいじょうぶ。やってごらん」

細《ほそ》い管《くだ》とはいえ、子《こ》ネコの口《くち》に差《さ》しこむのはこわかった。でも、慣《な》れると意外《いがい》にうまく入《はい》っていく。先生《せんせい》にていねいに教《おし》えてもらって、何度《なんど》かミルクを入《い》れるうちに、おなかは丸《まる》くふくらみ、ぴっちは箱《はこ》のなかでスヤスヤねむってしまった。

「子《こ》ネコのママ合格《ごうかく》！　いやいや、たいしたもんだ」

「よかったー！」

ママもわたしも、ホッとして、思《おも》わずなみだぐんでしまった。

それから、ぴっちはぐんぐん力強《ちからづよ》くなって、ミルクを上手《じょうず》に飲《の》めるようになり、カテーテルは長《なが》いこと使《つか》わずにすんだ。ミルクを飲《の》むときは前足《まえあし》が代《か》わりばんこに動《うご》いてしまう。きっと、お母《かあ》さんのおっぱいを、おしているつもりなのだ。指《ゆび》のあいだが広《ひろ》がってギュッと力《ちから》がこもるのがかわいくて、ずっと見《み》ていたくなる。飲《の》み終《お》えたあとは、母《はは》ネコがなめてきれいにするように口《くち》のまわりについたミルクをふいてあげた。

目《め》が覚《さ》めると、おなかが空《す》いているのかさみしいのか、だれかを呼《よ》ぶようになき続《つづ》ける。その声《こえ》がまたかわいくて、真夜中《まよなか》でも、ぴっちが一声《ひとこえ》ないただけでパッと起《お》きられるようになった。

「この子《こ》の生命力《せいめいりょく》と、リサちゃんの愛情《あいじょう》のおかげだね」

獣医《じゅうい》さんも、とてもほめてくれた。

そして十日後《とおかご》、つむったままだった、ぴっちの目《め》があいた！　白目《しろめ》のない、青《あお》みがかったきれいなひとみ。こんな瞬間《しゅんかん》に立《た》ち会《あ》えるなんて……。ぴっちの目《め》に、わたしが映《うつ》っている。

「ぴっち、はじめまして。わたしがあなたのママよ。よろしくね！」

ぴっちはミュウミュウなきながら、わたしのセーターにしがみついてきた。胸《むね》のなかが、じんじん温《あたた》かくなる。冬《ふゆ》なのに、桜色《さくらいろ》に染《そ》まっていくみたい。わたしは、そっとぴっちをだきしめた。

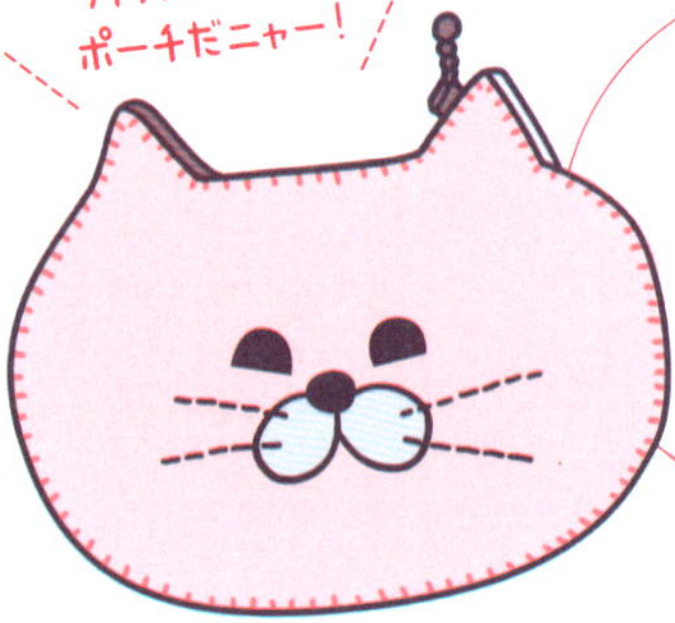
ファスナーつきのポーチだニャー！


# にゃんにゃん手《て》づくり教室《きょうしつ》 1

# にゃんこ★フェルトポーチをつくろう！

**用意《ようい》するもの**

・フェルト
（ピンク、ブルー、グレー、黒《くろ》）
・ファスナー（長《なが》さ 10cm）
・ししゅう糸《いと》（黒《くろ》、白《しろ》、こん、ピンク）
・ししゅう針《ばり》
・まち針《ばり》
・布用《ぬのよう》ハサミ

**つくりかた**

ずれないように
型紙《かたがみ》とフェルトを
まち針《ばり》でとめる


1

ピンクとブルーのフェルトを重《かさ》ね、その上《うえ》に型紙《かたがみ》のコピーを置《お》いて、まち針《ばり》でとめ、布用《ぬのよう》ハサミで形《かたち》のとおりに切《き》る。

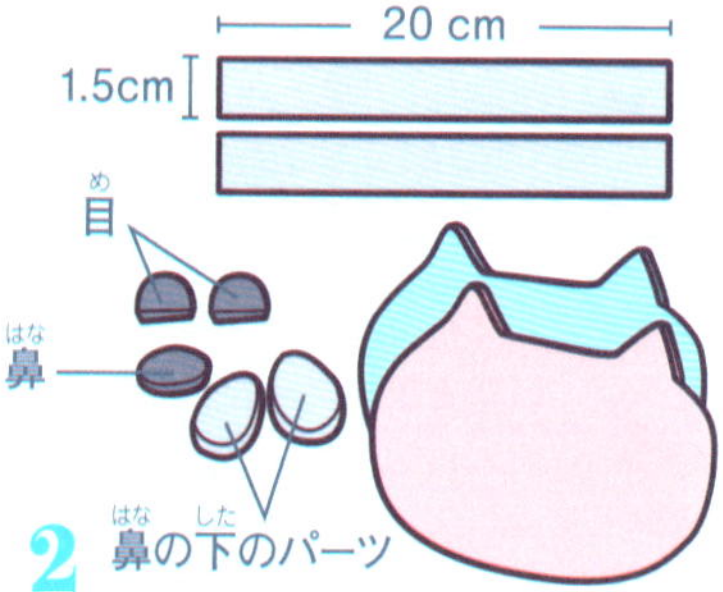


2 鼻《はな》の下《した》のパーツ

グレーのフェルトを1.5cm幅《はば》に2本《ほん》切《き》る。黒《くろ》いフェルトで目《め》と鼻《はな》を、余《あま》ったグレーのフェルトで鼻《はな》の下《した》のパーツを、型紙《がみ》のような形《かたち》に切《き》る。

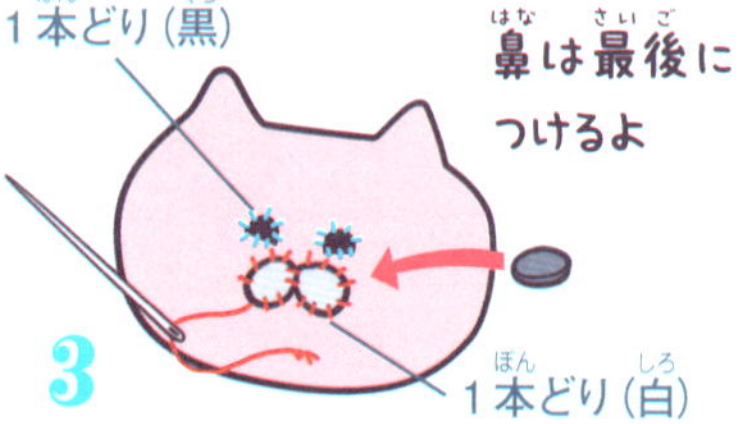


3

ピンクのフェルトに目《め》や鼻《はな》をぬいつける。

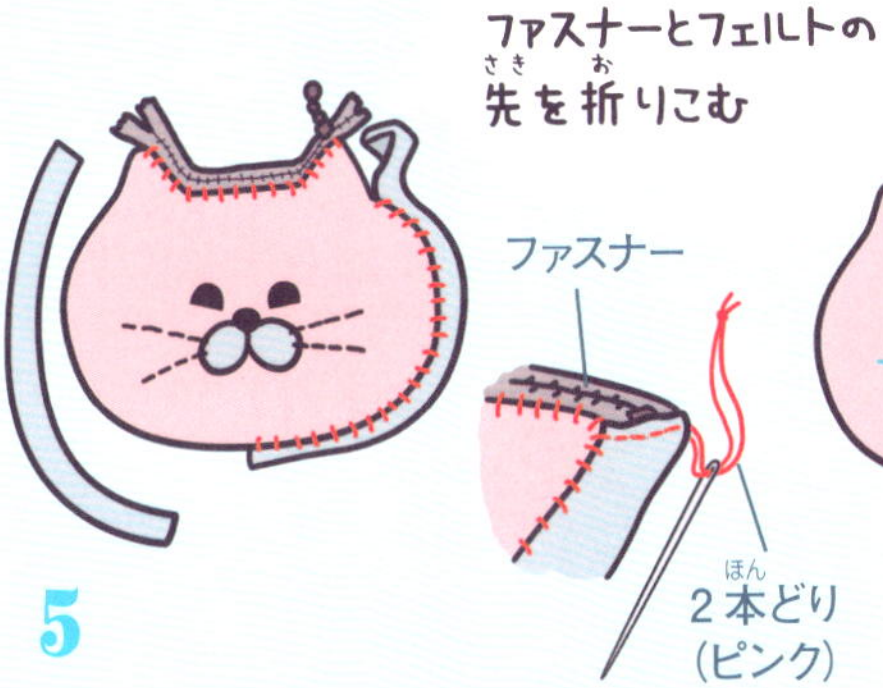


5

グレーのフェルトとファスナーを、図《ず》のようにぐるりとぬいつける。うら側《がわ》のブルーのフェルトをこんの糸《いと》でぬいつけて、完成《かんせい》！

4

図《ず》の位置《いち》にひげをししゅうする。

## フェルトポーチの型紙《かたがみ》

150%
拡大《かくだい》コピーして
使《つか》ってね！

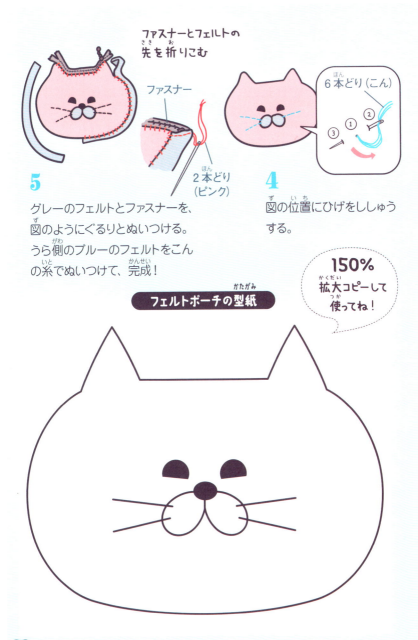

4コママンガ

# にゃんこあるある①

マユとコタ

コタのベッド

163ページにも4コママンガがあるよ！

# 2章《しょう》

＼ワクワクドキドキ／

# にゃんこの不思議《ふしぎ》な物語《ものがたり》

ある日《ひ》とつぜん、
ネコと話《はな》せるようになったら！？
——ネコたちがいざなう、
不思議《ふしぎ》な世界《せかい》へようこそ。

# 第《だい》8話《わ》 助《たす》けた子《こ》ネコは魔《ま》法《ほう》使《つか》い!?

しれっ
うん
おはよう
ミカ
早《はや》くしないと
おくれるぞ
じゃーな
スタ
スタ
そっけない…
レンお兄《にい》ちゃんは
変《か》わっちゃったのかな…
ミー
ミー
ネコの声《こえ》？

ミ〜
ケガしてる!?
ど
どうしよう
どうしようっ
動物病院
もう
だいじょうぶ
ですよ
すぐ元気《げんき》に
なります
よかった…
ほ
数日後《すうじつご》
コン
コン

はーい なにママ？
ぴょこっ
あっ ミカちゃんですね！
わたしは先日《せんじつ》助《たす》けていただいたネコですっ
お礼《れい》にネコの魔法《まほう》で願《ねが》いごとをひとつかなえに来《き》ました
えっ!!
ケガもすっかり治《なお》りました！
本当《ほんとう》にありがとうございますっ
さあっ願《ねが》いをどうぞ!!
ほ、本当《ほんとう》にあのときのネコなの？
はいっ。同《おな》じ鈴《すず》つけてるでしょっ
じ じゃあ…
となりの家《いえ》のレンお兄《にい》ちゃんに
子《こ》どもあつかいされないように…とかできる？

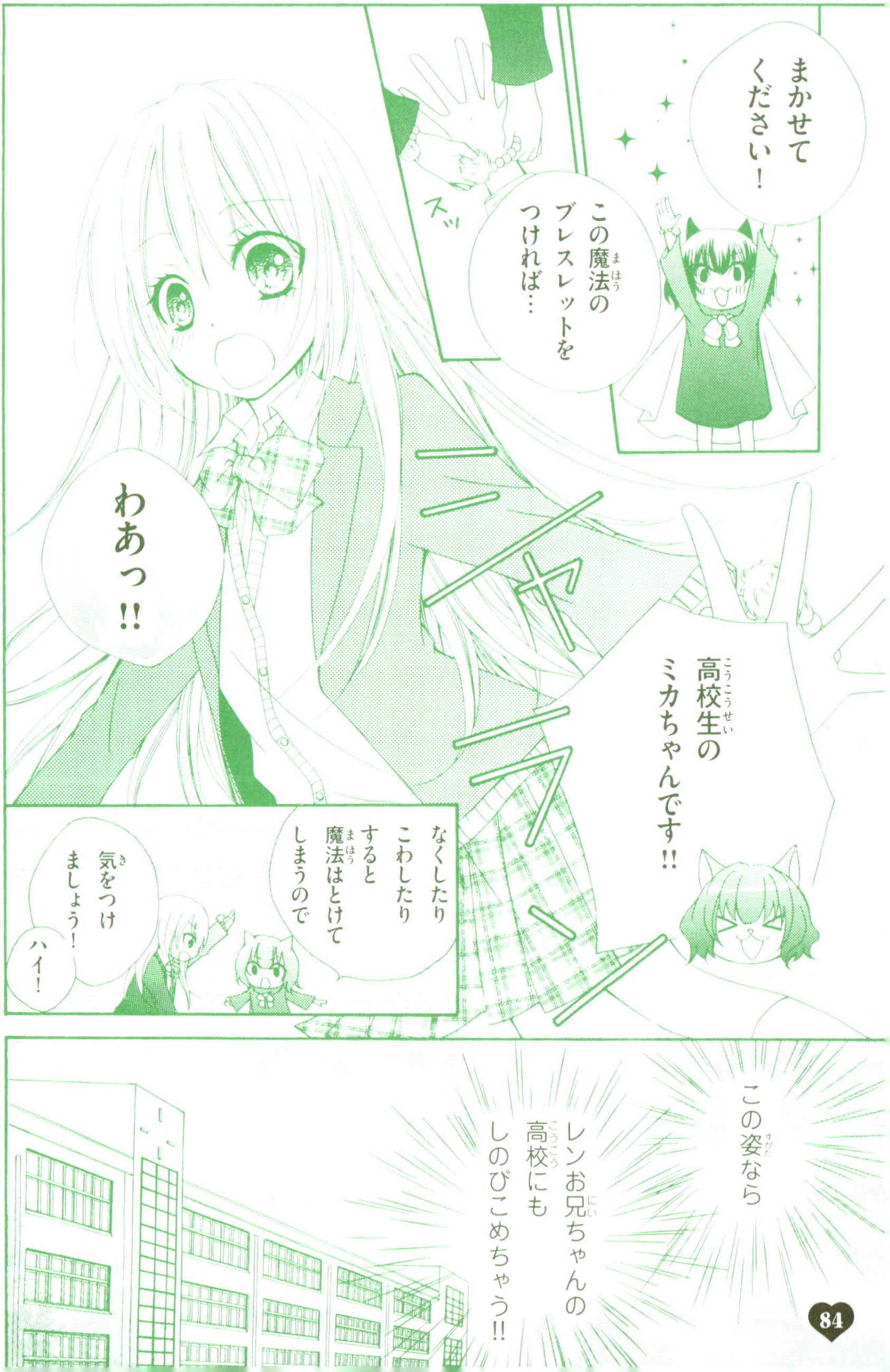
まかせてください！
この魔法《まほう》のブレスレットをつければ…
スッ
高校生《こうこうせい》のミカちゃんです!!
わあっ!!
シャラーン
なくしたりこわしたりすると魔法《まほう》はとけてしまうので
気《き》をつけましょう！
ハイ！
この姿《すがた》ならレンお兄《にい》ちゃんの高校《こうこう》にもしのびこめちゃう!!

ひょい
あっ
いたーっ！
レンお兄《にい》ちゃん
すごく楽《たの》しそうに
笑《わら》ってる…
レンお兄《にい》ちゃんは
変《か》わったんじゃ
なくて…
わたしが子《こ》どもだから
相手《あいて》にされない
だけなのかも…
もういい
帰《かえ》ろう…
とぼ
とぼ
ガサッ
ガサ
ニャッ
キャッ！

!?
まっ 待《ま》って～～～!!
どんっ
わっ だいじょうぶ!?
レンお兄《にい》ちゃん!!
ああっ ネコが…
ダーッ
あのネコを追《お》ってるの?
は はいっ
手伝《てつだ》うよ!
タッ
あ あそこだ

ごめん
これ
こわれ
ちゃったね
あ
ありがとう
ございます！
なんか、きみ
オレのよく
知《し》ってる子《こ》に
そっくりでさ
だから
ほっとけなくて…
役《やく》に立《た》てて
よかったよ
それって…

ぷっ
か、体《からだ》が…
!
シュウ…
ごめんなさいっ
用事《ようじ》思《おも》いだしたから帰《かえ》ります！
えっ
たたっ
魔法《まほう》がとけちゃう!!
ぼわっ
ばっ
あれ
ミカ なにしてんの
もう暗《くら》くなるから いっしょに帰《かえ》るぞ
ぎゅ…
…
もしかして子ネコ拾《ひろ》ってこまってたのか？
飼《か》ってもらえるように いっしょにたのんでやるよ

…ぜんぜん 変《か》わってなかった
むかしの優《やさ》しい レンお兄《にい》ちゃんの ままだ…
…わたし
すぐ 大人《おとな》になるから
待《ま》っててね！
え？
ニャー♡
おしまい

第《だい》9話《わ》

# スーパームーンがくれた夜《よる》

あ、まただ……。

灰色《はいいろ》のネコが、病院《びょういん》の入《い》り口《ぐち》にある花《か》だんのところで、こっちをじっと見《み》あげている。昨日《きのう》も、おとといも、ううん、もうずっと前《まえ》から、あのネコはいつも、あそこからこっちを見《み》ている。そのようすはまるで、わたしの存在《そんざい》に気《き》づいているみたいなんだ。

「結衣《ゆい》ちゃん、あまり風《かぜ》にあたると体《からだ》が冷《ひ》えちゃうよ」

看護師《かんごし》の内田《うちだ》さんが窓《まど》を閉《し》めた。もう少《すこ》し、ネコを見《み》ていたかったな。

「あっ、そうだ！　今日《きょう》の夜《よる》はね、スーパームーンが見《み》られるんだって。お月様《つきさま》が地《ち》球《きゅう》に近《ちか》づいて、いつもよりちょっと大《おお》きく見《み》えるらしいよ」

内田《うちだ》さんは、わたしの肩《かた》にカーディガンをかけると、ニコッとほほえんだ。

「そんな不思議《ふしぎ》なお月様《つきさま》なら、なにか願《ねが》いごとをすれば、かなえてくれるかもしれないね。結衣《ゆい》ちゃんもお願《ねが》いごと、してみたらどう？」

★

なんだ、見《み》えないじゃない。

わたしは窓《まど》からはなれると、ベッドに横《よこ》になった。昼間《ひるま》、内田《うちだ》さんが言《い》っていた「スーパームーン」。願《ねが》いがかなうなんて、信《しん》じているわけじゃないけれど……。夜空《よぞら》には雲《くも》がかかっていて、なにも見《み》えなかった。

やっぱり、世《よ》のなか、そんなにうまくいかない。わたしは、ギュッと目《め》を閉《と》じた。

小《ちい》さなころから体《からだ》が弱《よわ》かったわたしは、今《いま》までに何度《なんど》も、入院《にゅういん》と退院《たいいん》をくり返《かえ》してきた。だから、五年生《ごねんせい》になった今《いま》でも、数《かぞ》えるていどにしか学校《がっこう》に行《い》ったことがない。そのせいか、わたしには仲《なか》のいい友《とも》だちもいない。パパやママは毎日《まいにち》お見《み》まいに来《き》てくれるし、看護師《かんごし》の内田《うちだ》さんや先生《せんせい》だっているけれど……。それでも、わたしは、たまに自分《じぶん》がこの世《よ》にひとりぼっちだと感《かん》じて、とてもさびしくなるときがある。

もう、寝《ね》ちゃおうっと。そう思《おも》ってふとんをかぶると、コツ、コツとなにかをたたく音《おと》が聞《き》こえてきた。知《し》らんぷりしていても、コツ、コツという音《おと》はずっとやまない。それどころか、この音《おと》、わたしの部屋《へや》の窓《まど》から聞《き》こえてくるような……。

わたしは起《お》きあがると、思《おも》い切《き》ってカーテンをあけた。

「キャッ」

飛《と》びこんできた光景《こうけい》に、わたしは思《おも》わず声《こえ》をあげてしまった。だって窓《まど》の外《そと》には、同《おな》い年《どし》くらいの男《おとこ》の子《こ》が、器用《きよう》にぶらさがってこっちを見《み》ているんだもの！

「あ、あぶない！　落《お》ちたらたいへんだよ！」

男《おとこ》の子《こ》はわたしの手《て》につかまって、窓《まど》からスルッと病室《びょうしつ》へ入《はい》ってきた。

「うわあ……。その髪《かみ》、染《そ》めてるの？」

男《おとこ》の子《こ》の髪《かみ》は、見《み》たこともない、きれいな銀色《ぎんいろ》だった。

「これ？　生《う》まれつき」

不思議《ふしぎ》に思《おも》ったけれど、少《すこ》し考《かんが》えて、ここが病院《びょういん》だったことに気《き》づいてハッとした。そうだ、もしかしたら、この男《おとこ》の子《こ》もなにかの病気《びょうき》で、ここに入院《にゅういん》しているのかもしれない。髪《かみ》の色《いろ》も、そのせいで……。わたしは、それ以上《いじょう》、男《おとこ》の子《こ》に髪《かみ》のことを聞《き》くのはやめた。

「それにしても、ここは五階《ごかい》なんだよ。落《お》ちたらどうするつもりだったの？」

わたしがあきれながら言《い》うと、男《おとこ》の子《こ》は笑《わら》いながら、こぶしで自分《じぶん》の顔《かお》をゴシゴシこすった。しぐさまで変《か》わった子《こ》だなあ。

「今夜《こんや》はスーパームーンだろ？　だから、結衣《ゆい》といっしょに見《み》たいなあって思《おも》って、オレ、ここまで来《き》たんだ」

「えっ、わたしの名前《なまえ》、なんで知《し》ってるの？」

おどろいていると、男《おとこ》の子《こ》はわたしの手《て》をにぎって「こっち、こっち」と歩《ある》きだした。病室《びょうしつ》を出《で》て、階段《かいだん》をのぼり、やってきた先《さき》は屋上《おくじょう》へ続《つづ》く扉《とびら》の前《まえ》。だけど扉《とびら》には、くさりのついたカギが、がっちりとかかっている。

「だめだって。屋上《おくじょう》には行《い》けないって、内田《うちだ》さんが言《い》ってたもん」

わたしが言《い》うのも聞《き》かずに、男《おとこ》の子《こ》はカギにさわっている。こまったなあと思《おも》ったとき……ガチャンと音《おと》がして、くさりが外《はず》れた。

「ほら、あいたぜ」

いったいどんなワザを使《つか》ったんだろう。あんなにがんじょうなカギだったのに。

男《おとこ》の子《こ》のあとについて、わたしは、そっと屋上《おくじょう》に出《で》た。ビュウッと強《つよ》い風《かぜ》が吹《ふ》いて、わたしは両《りょう》うでをさすった。寒《さむ》い……。

「ほら、これ着《き》ろよ」

男《おとこ》の子《こ》は着《き》ていたパーカーをぬいで、わたしにポイッと渡《わた》してきた。迷《まよ》ったけれど、カゼをひいたら、また退院《たいいん》がのびてしまう。そっとパーカーをはおってみると、わたしにはブカブカで手《て》がすっぽりかくれちゃった。わたしと同《おな》い年《どし》くらいだと思《おも》っていたのに、男《おとこ》の子《こ》は大《おお》きいんだな……。

「あっ、ほら！　見《み》えた！」

男《おとこ》の子《こ》が空《そら》を指《ゆび》さした。雲《くも》のすきまから月《つき》の光《ひかり》がさしこんでいる。しばらく待《ま》っていると、だんだん雲《くも》が晴《は》れていき、丸《まる》くて大《おお》きな月《つき》が姿《すがた》を現《あらわ》した。

「結衣《ゆい》、今《いま》がチャンスだぜ。願《ねが》いごと、願《ねが》いごと！」

流《なが》れ星《ぼし》じゃないんだから……。そうは思《おも》ったけれど、わたしは、男《おとこ》の子《こ》に言《い》われるまま、お月様《つきさま》にむかって手《て》を合《あ》わせていた。

わたしの願《ねが》いごと、それは……。

「なにをお願《ねが》いしたんだ？」

男《おとこ》の子《こ》に言《い》われて、わたしは「ナイショ」と答《こた》えた。おかしくなって、ぷっと笑《わら》っちゃった。なんだか、楽《たの》しい。ずっとこうしていたいな……。

★

「おはよう、結衣《ゆい》ちゃん」

内田《うちだ》さんの声《こえ》で、わたしは「うーん」とねむい目《め》をあけた。ゆっくりとまわりを見《み》回《まわ》すと、いつもの病室《びょうしつ》だ。あれ？　わたし、昨日《きのう》の夜《よる》、銀髪《ぎんぱつ》の男《おとこ》の子《こ》と屋上《おくじょう》でお月様《つきさま》を見《み》て……。そこからの記憶《きおく》がとぎれている。もしかして、夢《ゆめ》だったのかな。

カーテンをあけた内田《うちだ》さんが「あら」と声《こえ》を出《だ》した。

「結衣《ゆい》ちゃん、見《み》て。あのネコちゃん、とってもきれいなシルバーの毛《け》ね」

窓《まど》の外《そと》にいたのは、いつもこっちを見《み》ている、あのネコだった。

「シルバーなの？　灰色《はいいろ》じゃないんだ……」

わたしは、ゆうべの男《おとこ》の子《こ》を思《おも》いだした。銀色《ぎんいろ》の髪《かみ》……。そういえば、あの髪《かみ》の色《いろ》、あのネコの毛《け》の色《いろ》に似《に》ている。もしかして、あの男《おとこ》の子《こ》は……。

――「結衣《ゆい》、お月様《つきさま》になにをお願《ねが》いしたんだ？」

男《おとこ》の子《こ》の声《こえ》が、心《こころ》のなかでよみがえった。わたしの願《ねが》いごと、それは……。

〝友《とも》だちがほしい〟

だけど、わたしの願《ねが》いごとはすでにかなっていたのかもしれない。窓《まど》の外《そと》、こっちを見《み》ているシルバーのネコ。あの子《こ》が、わたしの友《とも》だちだったんだ。わたしの友《とも》だち……こんなに近《ちか》くにいたんだね。

# 第《だい》10話《わ》 ミラクルキャットさくら

カタッとなにか物音《ものおと》がして、あたしはハッと目《め》が覚《さ》めた。

今日《きょう》、あたしは、かぜで学校《がっこう》を休《やす》んで寝《ね》ていたのだ。部屋《へや》の窓《まど》があいていて、そこからナッツが外《そと》へ出《で》ようとしている。ナッツは、うちで飼《か》っているネコ。ベージュの毛色《けいろ》が、あたしの大好《だいす》きなピーナッツバターみたいだから、ナッツっていうんだ。

「ナッツ、こっちにおいで」

ベッドから出《で》ようとしたとき、あたしは、なにかヘンなことに気《き》がついた。いつもの部屋《へや》なのに、机《つくえ》やタンスが、ずっと大《おお》きく見《み》える。これじゃまるで、童話《どうわ》の『不思《ふし》議《ぎ》の国《くに》のアリス』みたいに、体《からだ》が小《ちい》さくなったよう……。

「ええっ！」

鏡《かがみ》に映《うつ》った自分《じぶん》を見《み》て、あたしはびっくり！　なんと、そこには、ネコになったあたしがいた。しかも、あざやかなピンク色《いろ》のネコ！　もしかして、あたしの名前《なまえ》が「さくら」だから、この色《いろ》なの？　ウソでしょ〜っ！

「やだ、もう、早《はや》くしないと約束《やくそく》の時間《じかん》におくれちゃう！」

ナッツが、しゃべってる！　なんで、ナッツの言葉《ことば》がわかるの？　ナッツは、軽々《かるがる》と窓《まど》から飛《と》びおりて外《そと》へ行《い》ってしまう。たいへん！　追《お》いかけなきゃ！

★

やってきたのは、近所《きんじょ》の空《あ》き地《ち》。そこで待《ま》っていた白地《しろじ》に黒《くろ》ブチもようのネコに、ナッツはかけよっていく。

「さあ、行《い》きましょっ。ムサシ」

ナッツが寄《よ》りそっているムサシって……。

あーっ、町内《ちょうない》の佐藤《さとう》さんが飼《か》ってるネコじゃない！

「ちょ、ちょっと待《ま》って！　これはいったい、どういうことなの？」

あたしが聞《き》くと、ナッツはクスッと大人《おとな》っぽく笑《わら》った。

「うふふっ。あたしたちつきあってるの。これからデートなのよ。ところで、あなた、だあれ？　あまり見《み》かけないネコね」

「そんなあ。ナッツ、飼《か》い主《ぬし》の顔《かお》、忘《わす》れちゃうなんてひどいじゃない。それに、カレシまでいたなんて聞《き》いてないよお」

「飼《か》い主《ぬし》？　なに言《い》ってるのかしら？　それじゃ、ピンク色《いろ》のネコさん、あたしたち、急《いそ》ぐからもう行《い》くわね」

そうしてナッツとムサシは仲良《なかよ》くどこかへ行《い》ってしまった。

ナッツがデートしてるなんて！　あたしは、まだ好《す》きな人《ひと》さえいないというのに、ナッツときたら……。くう〜っ、なんか、くやしい〜っ！

あたしは、その辺《へん》に落《お》ちていた空《あ》きカンを、思《おも》い切《き》りけとばした。

「いってえ！」

空《あ》きカンが飛《と》んでいったほうから、さけび声《ごえ》が聞《き》こえてきた。まずいっ。ここは、さっさとにげよう……。そう思《おも》ったけれど、おそかったみたい。

「おまえかあ、今《いま》、この空《あ》きカンをけったのは！」

草《くさ》むらから、ネコの集団《しゅうだん》が、あたしめがけてダッシュしてきた。

「ご、ご、ごめんなさいっ」

あたしは、ネコたち相手《あいて》に必死《ひっし》にペコペコ謝《あやま》った。

「オレたちの親分《おやぶん》の顔《かお》にキズがついたらどうすんだっ、ええっ？」

ガラの悪《わる》いネコの集団《しゅうだん》は、じりじりとあたしにせまってくる。

「おまえら、ちょっと待《ま》て！　よく見《み》たら、その子《こ》、けっこうかわいいじゃねえか」

そう言《い》って、前《まえ》に進《すす》みでたのは、あたしが空《あ》きカンをぶつけたネコだった。

うわーっ、すっごいおデブちゃん！

みんなから「親分《おやぶん》」と呼《よ》ばれているそのネコは、まるでブルドッグみたいに大《おお》きな体《からだ》をしていた。

「へ？　か、かわいいですかねえ。ピンク色《いろ》の毛《け》なんて、ちょっとぶきみですけど。ま、親分《おやぶん》の好《この》みは個性的《こせいてき》ですからねえ……」

「うるせえ！　その色《いろ》がセクシーでいいんだ！　よし、決《き》めた。オレはその子《こ》と結婚《けっこん》する！　さっそく結婚式《けっこんしき》だ！」

「えええっ！　そんなのぜったいイヤ！」

にげようとすると、あたしは子分《こぶん》のネコたちに囲《かこ》まれてしまった。どうしよう！　大《だい》ピンチだよ！

そのとき、むこうから、トラもようのネコがものすごいスピードで走《はし》ってきた。

「おい、ここで、やばんなマネは二度《にど》とするなと言《い》ったはずだ！」

「げげっ、リクだ！」

リクと呼《よ》ばれたトラもようのネコを前《まえ》にすると、親分《おやぶん》も子分《こぶん》のネコたちも、急《きゅう》にあわてだした。どうやら、リクはこの辺《あた》りのボスみたい。真《しん》のリーダーの出現《しゅつげん》に、ネコの集団《しゅうだん》はあっというまににげていった。ほっ、助《たす》かったあ。

それにしても、さっきのおデブさんとちがって、このネコは、なんてスマートなんだろう。キュッとひきしまった体《からだ》に、長《なが》い手足《てあし》、しっぽの先《さき》まできれい。ネコ好《ず》きの血《ち》がさわぐなあ。人間《にんげん》でいうと、イケメンってやつね！

「……そんなに近《ちか》づかれると、動《うご》けないんだが」

リクに言《い》われて、ハッとわれに返《かえ》った。

あたしったら、今《いま》、ネコになってることすっかり忘《わす》れてた！　顔《かお》と顔《かお》がくっつきそうなほどのキョリに、あたしの胸《むね》はドキドキ。ネコにときめくなんてどうかしてる！

それとも、このまま本当《ほんとう》にネコになっちゃうのかな……。

「その毛《け》の色《いろ》はどうしたんだ？」

リクは、あたしのことをジーッと真剣《しんけん》な目《め》で見《み》ている。

「ヘンだよね。こんなピンク色《いろ》のネコ、ぶきみでしょう？」

「いいや。はじめて見《み》たとき、さくらの花《はな》の妖精《ようせい》かと思《おも》った」

「えっ……。あたしの名前《なまえ》、さくらっていうの」

「へえ、だから、そんなきれいな色《いろ》をしているんだな」

「ええっ、き、きれいっ？」

あたしがびっくりしていると、リクはあわてて「いや、ひとりごとだよ」と言《い》った。

きれいって、あたしが？　そんなこと言《い》われたの、生《う》まれてはじめてだ。どうしよ

う、このままじゃ、本当《ほんとう》にネコ相手《あいて》に恋《こい》しちゃうよ。

そのとき、空《あ》き地《ち》に生《は》えているネコじゃらしが、風《かぜ》にソヨソヨとゆれた。うわっ、鼻《はな》がムズムズする。

「ふえ……ハ……ハックシュン！」

大《おお》きなくしゃみをすると、あたしは、元《もと》の人間《にんげん》の姿《すがた》にもどっていた。ちょっぴり残念《ざんねん》。あたしたち、いいカンジだった……よね？　リクを見《み》ると、とつぜんのことにびっくりして、固《かた》まっちゃってる。

「ごめんね、リク」

あたしはリクをだきあげて、そのひたいにチュッとくちびるをおしつけた。さっきは助《たす》けてくれて、ありがとう。今度《こんど》、ネコになっちゃうことがあったら、ナッツみたいに、あたしもデートに出《で》かけようっと。相手《あいて》は、もちろん、リクで決《き》まりね！

# 第《だい》11話《わ》 ネコの国《くに》へ迷《まよ》いこんじゃった！①

「留美《るみ》ったら、ひどいよね。約束《やくそく》すっぽかしたうえに、その理由《りゆう》も教《おし》えてくれないなんて」

あたしは、ベッドにある白《しろ》ネコのぬいぐるみを引《ひ》き寄《よ》せて、ギュッとだきしめた。

ひとりっ子《こ》で、ペットもいない、両親《りょうしん》は共《とも》働《ばたら》きで、家《いえ》に話《はな》し相手《あいて》がいないあたしは、こうやって、よく、この子《こ》に話《はな》しかけている。

同《おな》じクラスの留美《るみ》は、お父《とう》さんの仕事《しごと》が転《てん》勤《きん》になり、この街《まち》を引《ひ》っ越《こ》すことになった。

留美《るみ》と同《おな》じ教室《きょうしつ》にいられるのは、今日《きょう》が最後《さいご》の日《ひ》だったのに……。

こんな大事《だいじ》な日《ひ》に、あたしは留美《るみ》と大《おお》ゲンカしてしまったのだ。

昨日《きのう》、あたしは留美《るみ》といっしょに、駅前《えきまえ》の〝シトロンカフェ〟へパフェを食《た》べに行《い》く約束《やくそく》をしていた。シトロンカフェは、目《め》の前《まえ》を通《とお》ると、いつも高校生《こうこうせい》や大学生《だいがくせい》のおしゃれなお姉《ねえ》さんたちが楽《たの》しそうにお茶《ちゃ》をしている。あたしたちには大人《おとな》っぽくて入《はい》りづらいお店《みせ》だ。だけど、最後《さいご》の記念《きねん》に、勇気《ゆうき》を出《だ》して行《い》ってみよう！　という話《はなし》になった。帰《かえ》りにプリクラもいっぱい撮《と》ろうねって。前《まえ》に留美《るみ》とおそろいで買《か》ったワンピースで、おしゃれして行《い》ったのに……。

約束《やくそく》の時間《じかん》が過《す》ぎて、それから、いくら待《ま》っても留美《るみ》は現《あらわ》れなかったんだ。

今日《きょう》、学校《がっこう》に行《い》って「昨日《きのう》、どうして来《こ》なかったの？」って聞《き》いてみた。

でも、留美《るみ》は「ごめん。ちょっと……」って言《い》うだけ。何度《なんど》聞《き》いても、ちゃんとした理由《りゆう》を話《はな》してくれない。

それで、とうとう、あたしは頭《あたま》にきて、言《い》っちゃったんだ。

「もういいよ、留美《るみ》なんて転校《てんこう》してどこへでも行《い》っちゃえ！」

小学校《しょうがっこう》に入学《にゅうがく》して、小四《しょうよん》の今《いま》まで、ずっと同《おな》じクラスで親友《しんゆう》だった留美《るみ》。あんなに大好《だいす》きで、いつもいっしょに遊《あそ》んでいたのに……。

時計《とけい》を見《み》ると、午後《ごご》の三時半《さんじはん》。留美《るみ》が引《ひ》っ越《こ》し先《さき》の街《まち》へ出発《しゅっぱつ》するのは、夜《よる》だから、今《いま》ならまだ会《あ》うことができる。でも……。

「あんな別《わか》れかたしちゃったら、気《き》まずくてもう会《あ》えないよ」

だいていた白《しろ》ネコのぬいぐるみを見《み》て、あたしは、ハァーっとため息《いき》をついた。

このぬいぐるみは、五歳《ごさい》のとき、お母《かあ》さんに買《か》ってもらった。あたしは本物《ほんもの》のネコが欲《ほ》しいのに、うちでは飼《か》えないというのだ。だから、その代《か》わりってわけ。

そうだ、出《で》かけてこよう。あの子《こ》に会《あ》いに行《い》くんだ。

★

「あれー？　いないなあ」

すべり台《だい》の下《した》、ジャングルジム、いろんな遊具《ゆうぐ》を見《み》てまわったけど、あの子《こ》はどこにもいなかった。あたしの家《いえ》から歩《ある》いて十分《じっぷん》ほどのところにある公園《こうえん》、ここに、あたしが会《あ》いたい子《こ》がいるはずなんだけど……。

さっきまで晴《は》れていたのに、いつのまにか、空《そら》は灰色《はいいろ》のぶあつい雲《くも》でおおわれている。雨《あめ》が降《ふ》りそう、そう思《おも》ったとたん、あたしの鼻《はな》にポチンと水滴《すいてき》が落《お》ちてきた。やだ、もう降《ふ》ってきた！

公園《こうえん》のなかには、屋根《やね》のついたあずま屋《や》がある。あたしは、そこで雨宿《あまやど》りすることにした。ハンカチでぬれた頭《あたま》をふいていたときだった。

ミュー。

聞《き》き覚《おぼ》えのある声《こえ》がして、あたしは急《いそ》いでベンチの下《した》をのぞいた。

「あっ、こんなところにいたの！　ミユウ」

あたしは、ベンチの下《した》にうずくまっていた白《しろ》い子《こ》ネコに、そっと手《て》をのばした。胸《むね》にだくと、白《しろ》い子《こ》ネコはまたミューミューとないた。

あたしが会《あ》いたかった子《こ》というのは、この子《こ》ネコのこと。二《に》か月前《げつまえ》に、この公園《こうえん》で見《み》つけたんだ。そのころは、まだ生《う》まれたばかりで、今《いま》よりもずっと小《ちい》さかった。あたしは、思《おも》わず「ミュウ」って呼《よ》んだ。ミューミューなくから、ミュウ。

ミューミュー。

「ごめん、今日《きょう》はなにも持《も》ってきてないんだ」

ミューミュー。

ミュウはまだなき続《つづ》けている。おなかが空《す》いているんだ。本当《ほんとう》はいけないことだけれど、あたしは、たまに家《いえ》から食《た》べ物《もの》を持《も》ってきて、ミュウにあげていた。

「あーあ、ミュウがうちの子《こ》になればなあ……」

好《す》きなだけ食《た》べ物《もの》もあげるのに。なによりも、こうやって、わざわざ会《あ》いに来《こ》なくても、いつでもいっしょにいられるのに。

どうして、うちではネコを飼《か》ってはいけないんだろう。

五歳《ごさい》のあたしは、ぬいぐるみでもガマンできたけれど、十歳《じゅっさい》のあたしは物《もの》たりない。ミュウを見《み》つけた日《ひ》、あたしはたまらなくなって、家《いえ》に連《つ》れて帰《かえ》ってしまった。

「このネコ、飼《か》いたいの。あたしが世話《せわ》をするから」

「清香《きよか》。約束《やくそく》したでしょう。うちでは、ネコはぜったいに飼《か》わないの」

お母《かあ》さんは、きっぱりとそう言《い》って、ミュウを見《み》ようともしなかった。お母《かあ》さんに頭《あたま》のあがらないお父《とう》さんも、それを見《み》て「あきらめろ、清香《きよか》」と言《い》った。お母《かあ》さんはなぜだか、ネコのことになると、心《こころ》にシャッターを閉《し》めるみたいに、そっけなくなってしまう。いったい、どうしてなんだろう……。

「ミュウがいたら、さみしくないのにな。きっと一番《いちばん》の友《とも》だちになれ……」

言《い》いかけて、あたしはハッとした。

一番《いちばん》の友《とも》だち……。留美《るみ》のことを思《おも》いだして、胸《むね》がズキッとする。次《つぎ》の瞬間《しゅんかん》、

「あっ」

ミュウが、あたしの胸《むね》からひらりとにげだした。

「待《ま》って！」

ネコのにげ足《あし》は、ものすごく速《はや》い。

ミュウを追《お》いかけて走《はし》っているうちに、いつのまにか、まわりを木《き》に囲《かこ》まれた見《み》なれない場所《ばしょ》に出《で》てしまった。

「なに、ここ？　この公園《こうえん》って、こんなに木《き》がいっぱいあったかな……」

辺《あた》りはうす暗《ぐら》くて、なんだかこわい。ここは、あたしの知《し》っている公園《こうえん》じゃないみたいだ。ウソ……あたし、迷子《まいご》になっちゃったのかな？

ミュウの姿《すがた》も見《み》えない。どこへ行《い》ってしまったんだろう。急《きゅう》に心細《こころぼそ》くなってきた。

「おこまりですか？　おじょうさん」

だれかに話《はな》しかけられて、あたしはふりむいた。

「キャッ！」

「おや、びっくりさせてしまいましたか？　わたくし、あやしい者《もの》ではありませんよ」

どう見《み》てもあやしすぎるよ……。だって、あたしの目《め》の前《まえ》には、二本足《にほんあし》で立《た》って、人間《にんげん》の言葉《ことば》をしゃべる黒《くろ》ネコがいたんだもん！

「ようこそ、ネコの国《くに》へ」

そう言《い》って、しゃべる黒《くろ》ネコは、ニーッと笑《わら》った。

# 第《だい》12話《わ》 ネコの国《くに》へ迷《まよ》いこんじゃった！②

「ネコの国《くに》……？　それじゃあ、ここは公園《こうえん》じゃないの？」

あたしがたずねると、黒《くろ》ネコは「ええ」とうなずいた。

「ネコの国《くに》は、ふだんは目《め》には見《み》えません。だけど、人間《にんげん》が住《す》む世界《せかい》のとても近《ちか》いところにあるのですよ。ネコの国《くに》に入《はい》ることができる人間《にんげん》は、なにか強《つよ》い想《おも》いをかかえているといわれていますが……ふふっ、どうでしょうね？　さあ、どうぞ、こちらへ。もう少《すこ》しで着《つ》きますよ」

人間《にんげん》の言葉《ことば》をしゃべる、おかしな黒《くろ》ネコに案内《あんない》されながら道《みち》を進《すす》んでいくと、着《つ》いた先《さき》はレンガ造《づく》りの古《ふる》い建物《たてもの》。それは、まるでおとぎ話《ばなし》に出《で》てくるお城《しろ》のようだった。

「なかへ入《はい》ったら、もっとびっくりすることが待《ま》っていますよ、清香《きよか》さん」

「えっ？　なんであたしの名前《なまえ》を知《し》ってるの？」

あたしの問《と》いかけには答《こた》えず、黒《くろ》ネコはどんどん先《さき》を歩《ある》いていく。

「うわあ！　すごい量《りょう》の本《ほん》……」

うす暗《ぐら》い部屋《へや》のなかは、天井《てんじょう》まである大《おお》きな本棚《ほんだな》がたくさん並《なら》んでいた。どの棚《たな》にも、本《ほん》がぎっしりとつめこまれている。

そのとき、あたしのそばにあった本棚《ほんだな》がとつぜんガタッとゆれ、一冊《いっさつ》の本《ほん》が飛《と》びだしてきた。

「ここでは、その人《ひと》に必要《ひつよう》な本《ほん》が、こうやって自《みずか》らやってくるのです。清香《きよか》さん、どうやらその本《ほん》は、あなたに必要《ひつよう》なもののようですね」

「あたしに……？」

本《ほん》を開《ひら》くと、なかから出《で》てきた光《ひかり》が壁《かべ》を照《て》らす。それは、映画《えいが》のような映像《えいぞう》だった。

★

「こっちだよ、ミルク」

あたしよりも小《ちい》さい、小学《しょうがく》二年生《にねんせい》くらいの女《おんな》の子《こ》が楽《たの》しそうに走《はし》っている。その足《あし》もとには、小《ちい》さな子《こ》ネコが、ココロ転《ころ》がるボールのようにくっついているのだった。

あ、ミユウみたい……。よく似《に》てるなあ。あたしは思《おも》った。

やがて、年月《ねんげつ》が過《す》ぎたのか、女《おんな》の子《こ》はあたしと同《おな》じくらいに成長《せいちょう》した姿《すがた》で出《で》てきた。女《おんな》の子《こ》はエプロンをして、ボウルに入《はい》ったなにかを一生《いっしょう》けんめいあわ立《だ》てていた。そこへやってきたミルクが、ボウルに前足《まえあし》を入《い》れようとする。

「だめだったらミルク。本当《ほんとう》にいたずらっ子《こ》なんだから」

口《くち》ではそう言《い》っているけれど、女《おんな》の子《こ》はうれしそうに笑《わら》っていた。

「よーし、できあがり！」

女《おんな》の子《こ》がつくっていたのは、いちごがのったおいしそうなショートケーキ。真ん中《まんなか》にかざったプレートに「ミルクおたんじょうびおめでとう！」って書《か》いてある。あたしは、クスッと笑《わら》った。ネコの誕生日《たんじょうび》だったんだ。

きっとこの女《おんな》の子《こ》は、ミルクのことが好《す》きで好《す》きでたまらないんだろうなあ。

また年月《ねんげつ》が過《す》ぎて、女《おんな》の子《こ》はセーラー服《ふく》を着《き》た中学生《ちゅうがくせい》になった。

「新《あたら》しい首輪《くびわ》を買《か》ってきたの、ミルクにきっと似合《にあ》うわよ」

そう言《い》って、女《おんな》の子《こ》は、赤《あか》い水玉《みずたま》もようの首輪《くびわ》をミルクにつけた。首輪《くびわ》の鈴《すず》がチリンとなる。

「うーん、ミルクにはちょっと大《おお》きかったみたいだね。……あっ」

サイズの合《あ》わない首輪《くびわ》をつけたまま、ミルクはひらりと窓《まど》の外《そと》へ飛《と》びだしていった。

「お友《とも》だちに、新《あたら》しい首輪《くびわ》を見《み》せに行《い》ったのかな」

女《おんな》の子《こ》はうれしそうに、ミルクが出《で》ていった窓《まど》の外《そと》を見《み》つめていた。

映像《えいぞう》がまた切《き》りかわる。

「うわあぁん」

聞《き》こえてきた泣《な》き声《ごえ》に、あたしの肩《かた》がビクッとゆれた。胸《むね》がギュウッとしめつけられそうになる、悲《かな》しげな泣《な》き声《ごえ》。映像《えいぞう》を見《み》ると、女《おんな》の子《こ》がなみだで顔《かお》をグシャグシャにしながら泣《な》いていた。

「その子《こ》はミルクじゃない！　ミルクは死《し》んでなんかいないよ！」

女《おんな》の子《こ》のそばにいた両親《りょうしん》が、悲《かな》しそうに首《くび》を横《よこ》にふった。そして、そこには、横《よこ》たわって目《め》を閉《と》じているミルクがいた。とっさにあたしは思《おも》った。これは、ねむっているんじゃない。ミルクは、死《し》んでしまったんだ。女《おんな》の子《こ》の両親《りょうしん》の話《はなし》によると、あのとき、外《そと》へ出《で》かけたあと、ミルクは車《くるま》にぶつかって、そのまま……。

「ご近所《きんじょ》のかたが見《み》つけて、うちまで連《つ》れてきてくれたのよ。さあ、ミルクに最後《さいご》のお別《わか》れをしましょう」

お母《かあ》さんが肩《かた》に置《お》いた手《て》を、女《おんな》の子《こ》はふりはらった。

「いや！　言《い》ったじゃない！　あたし、ミルクに新《あたら》しい首輪《くびわ》をつけたって。赤《あか》い水玉《みずたま》の、ミルクにすごく似合《にあ》う……。その子《こ》は首輪《くびわ》をしていないもの！　ミルクはきっと帰《かえ》ってくるの！」

「あの首輪《くびわ》はミルクには大《おお》きかったから、きっと外《はず》れてしまったのよ」

「そんな……。そんなわけないよ！　ミルクはもどってくるって、あたし信《しん》じてる！」

それから、女《おん》の子《こ》はずっとミルクが帰《かえ》るのを待《ま》ち続《つづ》けていたけれど、ミルクが帰《かえ》ってくることはなかった。

★

映像《えいぞう》はそこで終《お》わり、開《ひら》いていた本《ほん》がパタンと閉《と》じる。

「……悲《かな》しい話《はなし》だね。あのとき、ミルクを外《そと》に出《だ》さなければよかったのに」

あたしが言《い》うと、黒《くろ》ネコは、ふるふると首《くび》を横《よこ》にふった。

「いいえ、清香《きよか》さん。それはちょっとちがいます。われわれネコは、自由《じゆう》を愛《あい》する生《い》き物《もの》ですから、ときどきどうしても、ひとりで気《き》ままに外《そと》を歩《ある》きたくなってしまうのです。あのネコが事故《じこ》にあったのも、女《おん》の子《こ》のせいではありません。それに、ミルクさんはあの女《おんな》の子《こ》に飼《か》われて、とても幸《しあわ》せだったはずです」

「どうしてそんなことがわかるの？　ミルクに聞《き》いたわけじゃないのに……」

「わかります。わたくし、ミルクさんとは、とっても仲良《なかよ》しなんですよ」

黒《くろ》ネコはそう言《い》ったけれど、なんだか信《しん》じられない。

「それにしても、あの女《おんな》の子《こ》の話《はなし》が、あたしにどう関係《かんけい》しているの？」

だって、さっき言《い》ったよね。ここでは、その人《ひと》に必要《ひつよう》な本《ほん》が自《みずか》らやってくるって。

黒《くろ》ネコは、フフッと笑《わら》った。

「まあ、そうあせらずに。いずれ、必《かなら》ずわかりますよ。……おや、清香《きよか》さんにはもう一冊《いっさつ》、読《よ》んでもらいたい本《ほん》があるようですよ」

ネコが指《ゆび》さしたほうを見《み》ると、空中《くうちゅう》にフワフワういている本《ほん》があった。本《ほん》はスーッと空中《くうちゅう》を飛《と》んでくると、あたしの目《め》の前《まえ》でピタッと止《と》まった。

「清香《きよか》さん、その本《ほん》を開《ひら》いてください」

黒《くろ》ネコに言《い》われて、あたしはおそるおそる二冊目《にさつめ》の本《ほん》を開《ひら》いたんだ。

# 第《だい》13話《わ》 ネコの国《くに》へ迷《まよ》いこんじゃった！③

あたしの目《め》の前《まえ》にやってきた二冊目《にさつめ》の本《ほん》。

本《ほん》を開《ひら》くと、なかからまたまぶしい光《ひかり》とともに、映画《えいが》のような映像《えいぞう》が出現《しゅつげん》した。

「留美《るみ》！」

なんと、映像《えいぞう》に現《あらわ》れた女《おんな》の子《こ》は、ケンカ別《わか》れしてしまった親友《しんゆう》の留美《るみ》だった。

あたしは気《き》まずくて、とっさにどこかへかくれようとする。

「清香《きよか》さん、だいじょうぶです。これは映像《えいぞう》ですから、こちらの姿《すがた》は、留美《るみ》さんには見《み》えていません。とにかく、この映像《えいぞう》を見《み》てみましょう。これも、今《いま》の清香《きよか》さんに必《ひっ》要《よう》なものですから」

★

留美《るみ》は、こたつにあたりながら、学校《がっこう》の宿題《しゅくだい》をしているようだった。フニャアというなき声《ごえ》がして、こたつのなかからニュッと顔《かお》を出《だ》したのは……。

「ミケおばあちゃん」

ミケおばあちゃんというのは、留美《るみ》の家《いえ》で飼《か》っているネコ。毛《け》の色《いろ》が茶《ちゃ》、白《しろ》、黒《くろ》の三色《さんしょく》で、三毛《みけ》ネコという種類《しゅるい》だ。「そのまんまの名前《なまえ》だね」と言《い》ったら、留美《るみ》は「わかりやすくていいでしょ」と言《い》って、ふたりで大笑《おおわら》いした。

そうだ……、ケンカしちゃったけれど、あたしたち、少《すこ》し前《まえ》まであんなに楽《たの》しく笑《わら》いあっていたのに……。

留美《るみ》は宿題《しゅくだい》する手《て》を止《と》めて、ミケおばあちゃんをいとおしそうになでている。

ミケおばあちゃんは年寄《としよ》りネコで、一日《いちにち》のほとんどを寝《ね》て過《す》ごしている。どのくらい年寄《としよ》りかというと、留美《るみ》のお母《かあ》さんが結婚《けっこん》する前《まえ》から飼《か》っていたネコで、もう十八《じゅうはっ》歳《さい》になるという。人間《にんげん》でいうと八十代《はちじゅうだい》。あたしや留美《るみ》よりも、ずっと先輩《せんぱい》なのだ。

「留美《るみ》、これ、明日着《あしたき》ていく服《ふく》でしょう。アイロンをかけておいたわよ」

留美《るみ》のお母《かあ》さんが持《も》ってきた服《ふく》は、あたしとおそろいのワンピースだった。

「明日《あした》は清香《きよか》と遊《あそ》べる最後《さいご》の日《ひ》だから、おそろいコーデにするの」

部屋《へや》にかけたカレンダーの日付《ひづけ》を、留美《るみ》は指《ゆび》さしている。ああ、この映像《えいぞう》は、あたしと留美《るみ》がシトロンカフェへ行《い》こうと約束《やくそく》していた前《まえ》の日《ひ》なんだ。

「ごめんね、留美《るみ》。お父《とう》さんの仕事《しごと》の都合《つごう》で、転校《てんこう》することになっちゃって……。清香《きよか》ちゃんとも、はなればなれになってしまうわね」

「だいじょうぶだよ！　あたしたちはね、どんなに遠《とお》くはなれていたって、ずーっと友《とも》だちなんだから」

留美《るみ》の言葉《ことば》に、あたしの胸《むね》がズキンと痛《いた》んだ。

このあと、あたしとケンカすることになるなんて、これっぽっちも気《き》づいていない留美《るみ》は、鏡《かがみ》の前《まえ》でワンピースを体《からだ》に合《あ》わせて、ごきげんに歌《うた》っていた。

次《つぎ》の瞬間《しゅんかん》、映像《えいぞう》が切《き》りかわる。

留美《るみ》は心配《しんぱい》そうな表情《ひょうじょう》で、ミケおばあちゃんを見《み》つめていた。毛布《もうふ》の上《うえ》に横《よこ》たわっているミケおばあちゃんを診察《しんさつ》しているのは、近所《きんじょ》の動物病院《どうぶつびょういん》の先生《せんせい》だ。

「先生《せんせい》、わざわざ日曜日《にちようび》に来《き》ていただいて、すみませんでした」

先生《せんせい》が帰《かえ》っていくのを見送《みおく》ったあと、留美《るみ》はお母《かあ》さんに向《む》かって聞《き》いた。

「お母《かあ》さん、ミケ、どうしたの？　朝《あさ》ご飯《はん》も食《た》べなかったし、なんだか苦《くる》しそうだよね。先生《せんせい》、なんて言《い》ってたの？」

「留美《るみ》、落《お》ち着《つ》いて聞《き》いてね。ミケは、もうすぐお空《そら》に行《い》くの」

「……ウソでしょう⁉　だって、昨日《きのう》の夜《よる》まで、いつもと同《おな》じだったのに！」

留美《るみ》のお母《かあ》さんは、なみだを目《め》にいっぱいためている。

「ミケはもう十八歳《じゅうはっさい》だし、今《いま》までうんとがんばってくれたわ」

「お母《かあ》さん、あたし、今日《きょう》はミケのそばにいる……」

「清香《きよか》ちゃんとの約束《やくそく》はどうするの？」

「電話《でんわ》してみる」

留美《るみ》は受話器《じゅわき》をとって、あたしの家《いえ》へ電話《でんわ》をかけた。でも、電話《でんわ》にはだれも出《で》ない。だって、このとき、あたしはとっくに待《ま》ちあわせの場所《ばしょ》へむかっていたし、家《いえ》にはだれもいなかった。留美《るみ》は何度《なんど》も、あたしの家《いえ》に電話《でんわ》をかけているようだった。

「清香《きよか》ちゃん、いた？」

お母《かあ》さんに聞《き》かれて、留美《るみ》は「う、うん」と答《こた》えた。そして、なごりおしそうに電《でん》話機《わき》を見《み》つめたあと、決心《けっしん》したように、ミケおばあちゃんの元《もと》へともどっていった。

ミケおばあちゃんが息《いき》をひきとったのは、それから数時間後《すうじかんご》。夕方《ゆうがた》になり、外《そと》はうす暗《ぐら》くなっていた。留美《るみ》のお父《とう》さんが言《い》った。

「家族《かぞく》みんなに見守《みまも》られていたんだ。ミケはとっても幸《しあわ》せだったんだよ」

それから、留美《るみ》はなみだをふくと、家《いえ》の外《そと》へ飛《と》びだしていった。

息《いき》を切《き》らしながら走《はし》ってむかった先《さき》は、あたしとの待《ま》ちあわせ場所《ばしょ》だった。時刻《じこく》は五時十五分《ごじじゅうごふん》、ちょうど、あたしがあきらめて家《いえ》に帰《かえ》ろうとした時間《じかん》だ。

「清香《きよか》……。もういない」

「追《お》いかけて、留美《るみ》！　あたし、まだその近《ちか》くにいるのよ！　今《いま》ならまだ間《ま》にあう！」

あたしは映像《えいぞう》の留美《るみ》にむかってさけんだ。

「清香《きよか》さん、言《い》ったでしょう。これは映像《えいぞう》ですから、留美《るみ》さんに声《こえ》は届《とど》きません」

黒《くろ》ネコに言《い》われて、あたしはハッとわれに返《かえ》った。

映像《えいぞう》が切《き》りかわり、今度《こんど》は学校《がっこう》であたしと留美《るみ》がむかいあっていた。

「昨日《きのう》、どうして来《こ》なかったの？　あたし、ずっと待《ま》ってたのに！」

留美《るみ》を激《はげ》しくせめたてる自分《じぶん》の姿《すがた》を見《み》て、あたしは思《おも》わず手《て》で顔《かお》をおおった。

やめて！　過去《かこ》のあたし！　留美《るみ》は、ミケおばあちゃんとお別《わか》れして、すごく悲《かな》しいきもちなのに、本当《ほんとう》は出《で》かけるパワーなんてないはずなのに、全速力《ぜんそくりょく》で走《はし》って、待《ま》ちあわせ場所《ばしょ》に来《き》てくれたんだよ。間《ま》にあわなかったけど……本当《ほんとう》は来《き》ていたの。

「もういいよ、留美《るみ》なんて転校《てんこう》してどこへでも行《い》っちゃえ！」

あたしが立《た》ち去《さ》ると、留美《るみ》は口《くち》をぐっと結《むす》んだまま流《なが》れでるなみだをぬぐっていた。

映像《えいぞう》は、そこでおしまい。光《ひかり》が消《き》えて本《ほん》がパタンと閉《と》じた。

★

「こんなことがあったなんて、知《し》らなかった。知《し》ってたら、あたし、留美《るみ》をせめたりしなかったのに」

鼻《はな》の奥《おく》がツンとして、なみだがあふれてきた。

「清香《きよか》さんが悪《わる》いわけではありませんよ。本当《ほんとう》のことを、知《し》らなかったのですから。ただ……留美《るみ》さんはまだ、ミケおばあちゃんを失《うしな》ったショックから、立《た》ち直《なお》っていないのでしょうね。だから、清香《きよか》さんにも、本当《ほんとう》のことをうまく話《はな》せなかったのです。今《いま》は、ミケおばあちゃんの名《な》を口《くち》にするだけで、泣《な》いてしまうでしょうから……」

「あたし、留美《るみ》に会《あ》いたい。会《あ》って謝《あやま》りたいの！」

あたしが言《い》うと、しゃべるネコは、ほほえみながらうなずいた。

「ええ、そうしましょう。どうぞこちらへ」

# 第《だい》14話《わ》　ネコの国《くに》へ迷《まよ》いこんじゃった！④

しゃべる黒《くろ》ネコに案内《あんない》され、あたしが次《つぎ》にやってきたのは……

「ここってシトロンカフェ？　どうして……」

黒《くろ》ネコとあたし以外《いがい》にお客《きゃく》さんのいないカフェは、しんと静《しず》まりかえっている。

「清香《きよか》さんが、ずっと食《た》べたかったパフェですよ。どうぞめしあがってください」

黒《くろ》ネコが、色《いろ》とりどりのフルーツがのったパフェを持《も》ってきた。

「おいしそうだけど……食《た》べたくない。今《いま》は……一秒《いちびょう》でも早《はや》く留美《るみ》に会《あ》いたいの！」

「だったら、なおのこと、パフェをめしあがったほうがいいですよ。そのパフェには、元《もと》の世界《せかい》へもどるための魔法《まほう》をかけておきましたから。アイスがすべてとけてしまってからでは、おそいですよ」

「それを早《はや》く言《い》ってよ！」

パフェのアイスは、すでにとけ始《はじ》めている。あたしは、あわててパフェを口《くち》のなかへおしこんだ。すると、あたしの体《からだ》は、だんだん透明《とうめい》になってきた。

「清香《きよか》さん、元《もと》の世界《せかい》へこれを持《も》っていってください」

黒《くろ》ネコがあたしに渡《わた》したもの、それは、鈴《すず》のついた赤《あか》い水玉《みずたま》もようの首輪《くびわ》だった。

「これ……。最初《さいしょ》に、本《ほん》の映像《えいぞう》で見《み》たネコの……」

次《つぎ》の瞬間《しゅんかん》、黒《くろ》ネコの毛《け》が、みるみるうちに白《しろ》く変《か》わっていった。

「あなた……ミルクね！　あの女《おんな》の子《こ》が飼《か》っていた、ネコのミルクだったの！」

「元《もと》の世界《せかい》にもどったら、あの人《ひと》に伝《つた》えてください。わたしはあなたといっしょに過《す》ごせて、とっても幸《しあわ》せでしたと」

「えっ、でも……、あたし、あの女《おんな》の子《こ》のこと知《し》らないよ」

「いいえ、あの子《こ》と清香《きよか》さんは、とても近《ちか》いところにいるんです」

★

ミュー。

ネコのなき声《ごえ》でハッとわれに返《かえ》ると、あたしはミュウをひざにのせたまま、公園《こうえん》のベンチに座《すわ》っていた。

手《て》には、あの首輪《くびわ》をしっかりとにぎったまま……。

早《はや》く留美《るみ》に会《あ》いに行《い》かなきゃ！　あたしはミュウを胸《むね》にだくと、留美《るみ》の家《いえ》へむかって走《はし》りだした。

★

引っ越《ひこ》しのトラックが、今《いま》まさに留美《るみ》の家《いえ》から出発《しゅっぱつ》しようとしている。

「留美《るみ》！」

力《ちから》の限《かぎ》りにさけぶと、あたしに気《き》づいた留美《るみ》が車《くるま》から降《お》りてきた。

「清香《きよか》、あのね、じつはあの日《ひ》……」

話《はな》そうとする留美《るみ》に、あたしは「そのことは、いいの」と首《くび》を横《よこ》にふった。あの日《ひ》、留美《るみ》になにがあったか、今《いま》のあたしは知《し》っているから。

「留美《るみ》、さっきはごめんね！ 遠《とお》くはなれても……ずっと友《とも》だちだから！ あたし、留美《るみ》のこと、ぜったいに忘《わす》れない！ あたし、留美《るみ》が大好《だいす》きだよ」

「清香《きよか》、会《あ》いに来《き》てくれて、ありがとう。もう、このまま永遠《えいえん》に会《あ》えないいんじゃないかと思《おも》ってたの……」

留美《るみ》の目《め》からなみだがあふれた。それを見《み》て、あたしの心《こころ》もじーんとなる。

よかった……。最後《さいご》にきもちを伝《つた》えられて、本当《ほんとう》によかった。

「どこへ行《い》ってたの、清香《きよか》。仕事《しごと》から帰《かえ》ったら家《いえ》にいないから、心配《しんぱい》したのよ」

★

玄関《げんかん》へやってきたお母《かあ》さんは、あたしがだいているミュウに気《き》づいてハッとし、「ミルク……」と、つぶやいた。

あたしは、あの水玉《みずたま》もようの首輪《くびわ》をミュウにつけていたんだ。

やっぱりね。あのあと、あたしは考《かんが》えた。黒《くろ》ネコが言《い》っていた、あの女《おんな》の子《こ》とあたしは、とても近《ちか》いところにいるっていうこと。もしかして、あの女《おんな》の子《こ》は、あたしのお母《かあ》さんなんじゃないかって。お母《かあ》さんが、ネコのことになると心《こころ》を閉《と》ざしてしまうのは、あの悲《かな》しい過去《かこ》のせいなんじゃないかって……。

お母《かあ》さんは、あたしからミュウを受《う》けとると、いとおしそうにだきしめた。

「この子《こ》はミルクとはべつの子《こ》だって、わかっているけど……。こうしてだいていると、とてもなつかしくて、あったかいきもちになるわ……」

こうして、公園《こうえん》ののらネコだったミュウは、うちの子《こ》になった。今《いま》では、お父《とう》さんもお母《かあ》さんもミュウを気《き》にいって、とても大切《たいせつ》にしてくれている。

そうそう、この前《まえ》、留美《るみ》から手紙《てがみ》が届《とど》いたんだ。

『清香《きよか》、元気《げんき》ですか？　ねえ聞《き》いて！　新《あたら》しい家《いえ》の庭《にわ》に、ネコがいたの。のらネコだったみたいなんだけど、なんと、うちで正式《せいしき》に飼《か》うことになりました！』

ふうとうには、茶色《ちゃいろ》のネコをだいた留美《るみ》の写真《しゃしん》が、いっしょに入《はい》っていた。あたしもミュウとツーショットを撮《と》って、留美《るみ》に送《おく》ろうっと！

ミュー。

ミュウが、うれしそうな声《こえ》をあげてないた。

特別編《とくべつへん》

# 第《だい》15話《わ》 ネコの国《くに》へ迷《まよ》いこんじゃった！

「みんな、おはよう。ご飯《はん》だよー」

キャットフードが入《はい》ったお皿《さら》を置《お》くと、ネコたちがいっせいに集《あつ》まってきた。この部屋《へや》では、全部《ぜんぶ》で十五《じゅうご》ひきのネコが暮《く》らしている。

「こらこら、そんなにあせらないで。順番《じゅんばん》だよ、順番《じゅんばん》」

ふと部屋《へや》のすみに目《め》をやると、一《いっ》ぴきのネコがうずくまっていた。

「あれ？　どうしたの、茶々丸《ちゃちゃまる》……」

うす茶色《ちゃいろ》のシマもようがチャームポイントの茶々丸《ちゃちゃまる》。いつもはどの子《こ》よりも真《ま》っ先《さき》にご飯《はん》に飛《と》びつくのに、今日《きょう》は元気《げんき》がない。

わたしは、リーダーの佐々木《ささき》さんのところへ茶々丸《ちゃちゃまる》を連《つ》れていった。

「佐々木《ささき》さん。茶々丸《ちゃちゃまる》、食欲《しょくよく》がないみたいなんです。ようすもおかしいし……」

佐々木《ささき》さんは茶々丸《ちゃちゃまる》の顔《かお》をのぞきこんで「うーん」と言《い》った。

「動物病院《どうぶつびょういん》で、みてもらったほうがよさそうね。清香《きよか》さん、連《つ》れていってくれる？」

「はい、わかりました」

★

茶々丸《ちゃちゃまる》を入《い》れたキャリーバッグを助手席《じょしゅせき》に置《お》くと、わたしは動物病院《どうぶつびょういん》めざして車《くるま》を走《はし》らせた。

「せまいけど、ちょっとだけガマンしていてね。すぐに着《つ》くから」

茶々丸《ちゃちゃまる》は、ニャーと小《ちい》さくなく。まるで、わたしの言葉《ことば》がわかっているみたい。

わたしは今《いま》、捨《す》てネコを保護《ほご》するボランティア団体《だんたい》〝ハッピーファミリー〟のメンバーとして活動《かつどう》している。保健所《ほけんじょ》に入《い》れられた捨《す》てネコは、一定《いってい》のあずかり期間《きかん》が過《す》ぎれば殺処分《さっしょぶん》されてしまう。そんな不幸《ふこう》なネコを、世《よ》のなかから一《いっ》ぴきでも救《すく》いたい。

ハッピーファミリーでは、捨《す》てネコたちをお世話《せわ》しながら、月《つき》に二回《にかい》、ネコたちの飼《か》い主《ぬし》になってくれる人《ひと》を探《さが》す「譲渡会《じょうとかい》」も開《ひら》いているんだ。

ネコたちのお世話《せわ》はたいへんで、子《こ》どものころから大《だい》のネコ好《ず》きだったわたしでも、心《こころ》がへこむことはたくさんある。服《ふく》がよごれるから、おしゃれなんてめったにできないし。デートのときでも、ネコたちが元気《げんき》でいるか、ご飯《はん》はちゃんと食《た》べたか……そういうことで頭《あたま》がいっぱい。ボーイフレンドに「ぼくとネコと、どっちが大事《だいじ》なんだ」なんて言《い》われて、ケンカしちゃったこともある。

それでも、わたしはハッピーファミリーでの活動《かつどう》を、やめる気《き》なんてぜんぜんない。保護《ほご》したときには、ボロボロで弱《よわ》っていた捨《す》てネコたちが、ここで元気《げんき》を取《と》りもどしていく。そして、新《あたら》しい飼《か》い主《ぬし》と出会《であ》い、幸《しあわ》せになっていく姿《すがた》を見《み》るのが、わたしはなによりもうれしいんだ！

車《くるま》を走《はし》らせて十分《じっぷん》ほどで、動物病院《どうぶつびょういん》に着《つ》いた。

「こんにちは、どうぞこちらへ」

動物病院《どうぶつびょういん》のスタッフの女性《じょせい》が、わたしを案内《あんない》してくれる。

診察室《しんさつしつ》で獣医《じゅうい》の先生《せんせい》にみてもらった結果《けっか》、茶々丸《ちゃちゃまる》は便秘《べんぴ》だということがわかった。マッサージのあと、せんい質《しつ》の入《はい》ったフードを食《た》べさせるよう、アドバイスをもらって、診察《しんさつ》はおしまいだ。

「大《おお》きな病気《びょうき》じゃなくてよかったね、茶々丸《ちゃちゃまる》」

ほっとして、待合室《まちあいしつ》で会計《かいけい》を待《ま》っていると、さっきのスタッフの女性《じょせい》が、わたしに話《はな》しかけてきた。

「もしかして、ハッピーファミリーのかたですか？」

えっ、どうしてわかったんだろう。

ちょっとびっくりしていると、スタッフの女性《じょせい》は「そのエプロン……」と言《い》った。

「ああっ、エプロンしたままだった！」

早《はや》く茶々丸《ちゃちゃまる》を病院《びょういん》に連《つ》れていきたいと思《おも》っていたから、わたしはよごれたエプロン姿《すがた》のままだった。

「わたし、おっちょこちょいで……」

わたしがアハハと笑《わら》うと、スタッフの女性《じょせい》もフフッと笑《わら》った。

その笑顔《えがお》を見《み》た瞬間《しゅんかん》、ものすごくなつかしいきもちになった。あれ？　わたし、この笑顔《えがお》、どこかで見《み》たことがある……。

「留美《るみ》……？」

思《おも》わず、わたしはその名前《なまえ》を呼《よ》んでいた。

「え……もしかして、清香《きよか》なの？」

わたしたちはおたがいの手《て》をとって「ウソーッ」とうれしい悲鳴《ひめい》をあげた。

「久《ひさ》しぶりだね！　何年《なんねん》ぶり？　あのときは小学四年生《しょうがくよねんせい》だったから……」

「十五年《じゅうごねん》ぶりだよー！」

留美《るみ》が転校《てんこう》してしまい、わたしたちは、はなればなれになってしまった。それから、手紙《てがみ》やメールを送《おく》りあったりしていたけれど、高校《こうこう》や大学受験《だいがくじゅけん》でいそがしくなるにつれて、その回数《かいすう》が減《へ》っていき……ここ数年《すうねん》は音信不通《おんしんふつう》になっていたんだ。

「留美《るみ》、この街《まち》にもどってきていたんだね。うれしいよ、またこうして再会《さいかい》できるなんて……」

「わたしもうれしい。ねえ、今度《こんど》、お茶《ちゃ》しに行《い》こうよ。清香《きよか》とゆっくり話《はな》したいな」

待《ま》ちあわせの場所《ばしょ》は、そう、シトロンカフェ！

あの日《ひ》、食《た》べそこなったパフェを、今度《こんど》こそふたりで食《た》べに行《い》こう！

※ 型紙《かたがみ》は 144 ページだよ。

## にゃんにゃん手《て》づくり教室《きょうしつ》 2

# プラバンストラップをつくろう！

C

D

B

A

### A、Bのつくりかた

1 やすりをかけた面《めん》を上《うえ》にし、型紙《かたがみ》の外側《そとがわ》の線《せん》を、油性《ゆせい》ペンで少《すこ》し大《おお》きめに写《うつ》す。

2 ドットなどのもようはポスカで写《うつ》す。B は定規《じょうぎ》を使《つか》ってラインをひく。

### 用意《ようい》するもの

・透明《とうめい》プラバン（厚《あつ》さ 0.35mm）
・油性《ゆせい》ペン（黒《くろ》）
・極細《ごくぼそ》ポスカ（白《しろ》、ピンク）
・パステル（好《す》きな色《いろ》）
・ハサミ　・カッター
・穴《あな》あけパンチ　・紙《かみ》やすり

### 下準備《したじゅんび》

型紙《かたがみ》より少《すこ》し大《おお》きめにプラバンを切《き》り、A～C はかた面《めん》にやすりをかける。

全体《ぜんたい》が白《しろ》っぽくなったらOK《オーケー》！

## 焼《や》きかた

**1** 温《あたた》めたトースターにアルミホイルをしいて、プラバンを入《い》れる。

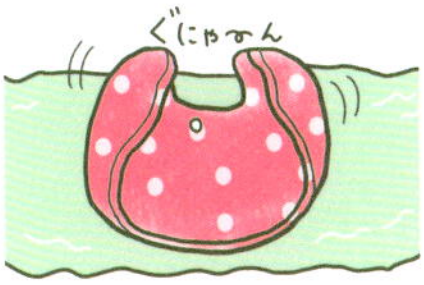


**2** 10秒《びょう》くらいでプラバンがちぢみだす。

**3** ちぢんだあともう一度《いちど》平《たい》らにもどったら（10秒《びょう》くらい）、はしなどで取《と》りだし、すぐにかための本《ほん》にはさんで冷《ひ》やす。冷《さ》めたら完成《かんせい》！

このとき色《いろ》はうすめでOK《オーケー》！

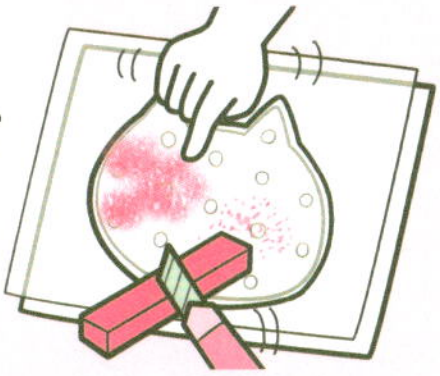

**3** ポスカがかわいたら、A、Bはパステルをカッターでけずって粉《こな》を落《お》とし、指《ゆび》でのばす。

**4** アウトラインが残《のこ》らないようにハサミで切《き》りぬき、うら面《めん》に油《ゆ》性《せい》ペンで好《す》きな文字《もじ》をかく。チェーンを通《とお》す穴《あな》をパンチであける。 ⇨焼《や》きかた1へ

## C、Dのつくりかた

Cはやすりをかけた面《めん》を上《うえ》にしてね

**1** 型紙《かたがみ》の外側《そとがわ》の線《せん》を、油性《ゆせい》ペンで少《すこ》し大《おお》きめに写《うつ》す。

**2** CはA、Bと同《おな》じようにやすりをかけた面《めん》にパステルで色《いろ》をつける。Dはうら面《めん》にポスカ（ピンク）でネコのがらをかく。

**3** アウトラインが残《のこ》らないようにハサミで切《き》りぬき、パンチで穴《あな》をあける。 ⇨焼《や》きかた1へ

# プラバンの型紙《かたがみ》

160%
拡大《かくだい》コピーして
使《つか》ってね！

C

※プラバンは焼《や》くと
4分《ぶん》の1くらいの
大《おお》きさになるよ。

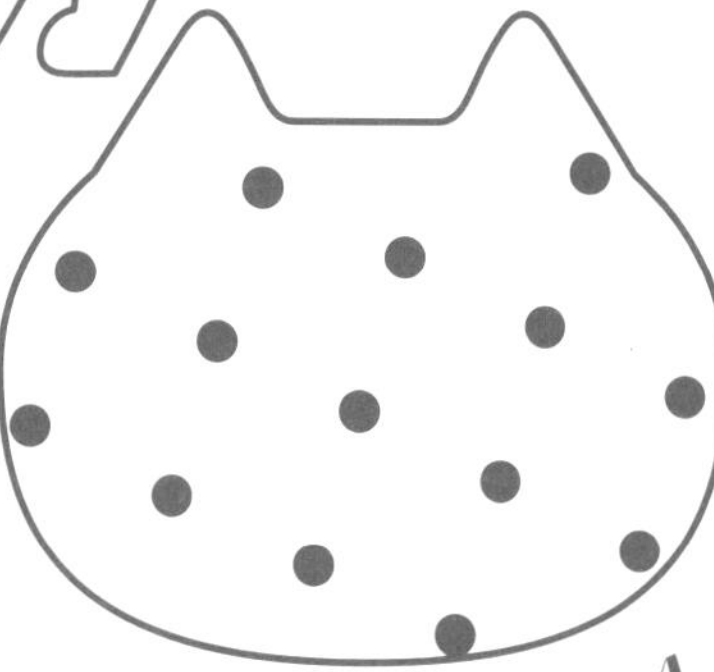

A

D

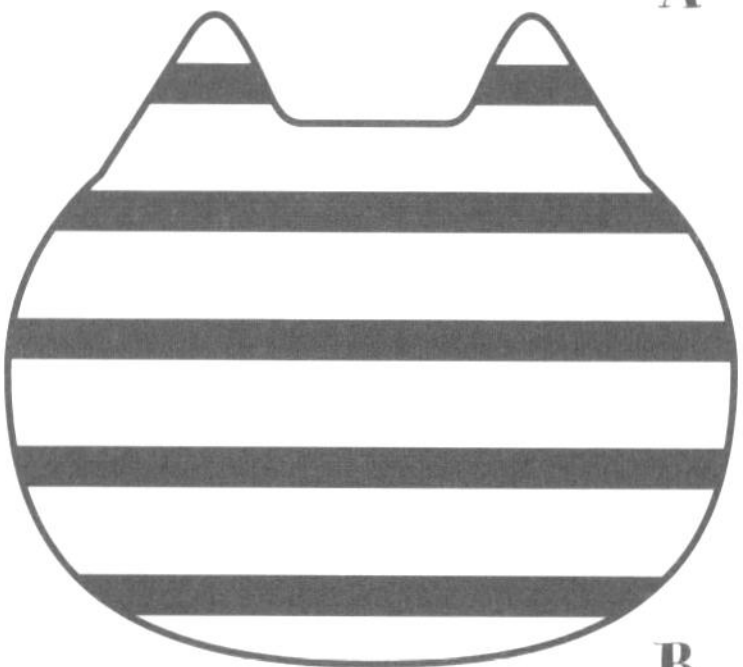

B

# 3章《しょう》

＼ 知《し》ろう！ 遊《あそ》ぼう！ ／

# にゃんこ図《ず》鑑《かん》

# &《アンド》心《しん》理《り》ゲーム

みんなが気《き》になる

ネコのヒミツを大公開《だいこうかい》！

ネコキャラ診断《しんだん》やうらない、

おえかき教室《きょうしつ》もあるよ。

# にゃんこ図《ず》鑑《かん》

ネコってこんな生《い》き物《もの》

## 体《からだ》のとくちょう

ネコの体《からだ》のヒミツをしょうかいするよ!

### 目《め》 まわりの明《あか》るさによって黒目《くろめ》の大《おお》きさが変化《へんか》

まわりが明《あか》るいときは黒目《くろめ》が細《ほそ》くなり、暗《くら》いときは黒目《くろめ》が大《おお》きくなるんだ。このように黒目《くろめ》の大《おお》きさを変《か》えることで、目《め》に入《はい》る光《ひかり》の量《りょう》を調節《ちょうせつ》しているよ。

### 耳《みみ》 自由自在《じゆうじざい》に動《うご》かし音《おと》のする方向《ほうこう》を察知《さっち》

いろいろなむきに動《うご》かせる耳《みみ》。けいかいしているときは下向《したむ》きになるなど、きもちがあらわれることも。人間《にんげん》には聞《き》こえない高《たか》い音《おと》も聞《き》きとれるんだ。

### 鼻《はな》 においによって情報《じょうほう》を集《あつ》める

ネコの鼻《はな》は小《ち》さいけれど、人間《にんげん》よりもずーっとびんかん。においをかぐことで、知《し》っている人間《にんげん》や安全《あんぜん》な食《た》べ物《もの》などを見《み》わけているんだよ。

### 口《くち》 ブラシにもなる舌《した》のトゲトゲ

舌《した》の表面《ひょうめん》には細《こま》かいトゲが生《は》えていて、ザラザラしているよ。体《からだ》をなめて毛《け》づくろいするときには、ブラシのような役目《やくめ》をするんだ。

### ひげ まわりのようすを探《さぐ》る重要《じゅうよう》なアンテナ

鼻《はな》のまわりだけでなく、目《め》の上《うえ》、あごの下《した》にも生《は》えているよ。せまい場所《ばしょ》を通《とお》りぬけられるかどうかを、このひげで判断《はんだん》しているんだって。

## しっぽ 顔《かお》よりも感情豊《かんじょうゆた》か

あまえたいときにピンと立《た》てたり、おどろいたときや怒《おこ》ったときは太《ふと》くなったり。しっぽはきもちをあらわすよ。

## 足《あし》 足《あし》のうらには大事《だいじ》な肉球《にくきゅう》

肉球《にくきゅう》は、クッションやすべり止《ど》めの役割《やくわり》をするよ。静《しず》かに歩《ある》けるのも、肉球《にくきゅう》のおかげなんだ。

ネコってこんな生《い》き物《もの》

# 身体能力《しんたいのうりょく》

**まるでスポーツ選手《せんしゅ》！高《たか》い身体能力《しんたいのうりょく》をもつよ。**

### バランス感覚《かんかく》ばつぐん！

幅《はば》のせまいところや高《たか》い場所《ばしょ》でも、平気《へいき》で歩《ある》いちゃう。耳《みみ》の奥《おく》にある「三半規管《さんはんきかん》」という器官《きかん》が発達《はったつ》しているため、バランスをとるのが上手《じょうず》なんだって。

### 体《からだ》がとってもやわらか〜い！

人間《にんげん》よりもしなやかな背骨《せぼね》をもつので、体《からだ》をクネッとねじってせまいすきまに入《はい》りこんだり、真《ま》ん丸《まる》になってねむったりできるんだよ。

### すごいジャンプ力《りょく》のもち主《ぬし》！

あしやこしの筋肉《きんにく》が発達《はったつ》していて、体長《たいちょう》の約《やく》３倍《ばい》も高《たか》くジャンプできるよ。これは、ネコの祖先《そせん》が森《もり》でえものをとる生活《せいかつ》をしていた名残《なご》りなんだ。

もよう別《べつ》で見《み》る!

# にゃんこ図鑑《ずかん》

## ネコの性格《せいかく》

7種類《しゅるい》のもようの
ネコさんに、プロフィール帳《ちょう》を書《か》いてもらったら……!?

名前《なまえ》 **サバトラ** さん

どんなもよう?: 銀色《ぎんいろ》に黒《くろ》のシマシマ

どんな性格《せいかく》?: しんちょうに行動《こうどう》するタイプで、よく人見知《ひとみし》りしちゃうんだ。

名前《なまえ》 **三毛《みけ》ネコ** さん

どんなもよう?: 黒《くろ》×オレンジ×白《しろ》

どんな性格《せいかく》?: けっこう気《き》が強《つよ》くて、気《き》まぐれな性格《せいかく》っていわれるよ。

名前《なまえ》 **サビネコ** さん

どんなもよう?: 黒《くろ》×オレンジ

どんな性格《せいかく》?: 飼《か》い主《ぬし》いわく、おっとりしていてマイペースなんだって。

名前《なまえ》 **ポイント** さん

どんなもよう?: 体《からだ》の先《せん》たんの色《いろ》がこい

どんな性格《せいかく》?: 人見知《ひとみし》りはしないほう。友《とも》だちや飼《か》い主《ぬし》と遊《あそ》ぶのが大好《だいす》きさ。

※これらの傾向《けいこう》はあくまでも一例《いちれい》です。ネコの性別《せいべつ》や生活環境《せいかつかんきょう》によっても変《か》わってきます。

名前《なまえ》　**白《しろ》ネコ** さん

どんなもよう?：真《ま》っ白《しろ》

どんな性格《せいかく》?：自分《じぶん》でいうのもなんだけど、
わりとせんさいなタイプね。

名前《なまえ》　**黒《くろ》ネコ** さん

どんなもよう?：真《ま》っ黒《くろ》

どんな性格《せいかく》?：おだやかな性格《せいかく》とか、
こわいもの知《し》らずだっていわれるよ。

名前《なまえ》　**黒白《くろしろ》ネコ** さん

どんなもよう?：黒《くろ》 × 白《しろ》

どんな性格《せいかく》?：飼《か》い主《ぬし》いわく、タフでワイルドな
性格《せいかく》のネコだってさ。

あなたがいっしょに
暮《く》らしてみたいのは、
どのもようの
ネコさんかニャ?

次《つぎ》のページからは
ネコの種類別《しゅるいべつ》に
とくちょうを
しょうかいするニャ!

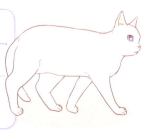

“アメショー”という呼《よ》び名《な》で親《した》しまれている、世界中《せかいじゅう》で人気《にんき》のネコ。人見知《ひとみし》りしないフレンドリーな性格《せいかく》だから、とっても飼《か》いやすいよ。

にゃんこずかん 1

# アメリカンショートヘア

| | |
|---|---|
| 体重《たいじゅう》 | 3〜6kg |
| 毛《け》の長《なが》さ | 短《みじか》い |
| 出身国《しゅっしんこく》 | アメリカ |

| | |
|---|---|
| 活発《かっぱつ》さ | 🐾🐾🐾🐾🐾 |
| 人《ひと》なつこさ | 🐾🐾🐾🐾🐾 |
| お上品《じょうひん》さ | 🐾🐾 |
| 飼《か》いやすさ | 🐾🐾🐾🐾🐾 |

## アメリカンショートヘアの魅力《みりょく》

### 人《ひと》に好《す》かれる陽気《ようき》な性格《せいかく》

活発《かっぱつ》で明《あか》るい性格《せいかく》のアメショー。きょうだいや飼《か》い主といっしょに遊《あそ》ぶのが大好《だいす》きだよ。まわりの環《かん》境《きょう》にうまくなじめるので、ほかのペットとも仲良《なかよ》く生活《せいかつ》できるんだ。

### ネコ界《かい》のスポーツ選手《せんしゅ》!?

アメショーは筋肉質《きんにくしつ》のがっしりした体形《たいけい》で、足《あし》こしも発達《はったつ》しているんだ。運動神経《うんどうしんけい》ばつぐんだから、すばやく走《はし》ったり、ジャンプしたりするのが得意《とくい》だよ。

# もっと知《し》りたい！ アメリカンショートヘアのこと

## アメリカンショートヘアの子《こ》ネコ

やんちゃで元気《げんき》いっぱい。太《ふと》りすぎたりストレスがたまったりしないよう、たくさん運動《うんどう》させてあげることが大切《たいせつ》なんだ。子《こ》ネコを飼《か》うときは、もようがはっきりしていて、がっしりした骨格《こっかく》の子《こ》を選《えら》ぶといいよ。

## ネズミとりのプロ!?

むかしは、船《ふね》のなかでネズミとりをして、人間《にんげん》の食料《しょくりょう》を守《まも》っていたんだって。もともと好奇心《こうきしん》おうせいで、動《うご》くものにびんかんに反応《はんのう》できるので、ネズミとりはまさにぴったりの仕事《しごと》だったんだ。

## トレードマークのシマシマ

アメショーにはいろいろな毛色《けいろ》の子《こ》がいるけれど、日本《にほん》で親《した》しまれているのは“クラシックタビー”と呼《よ》ばれるシルバーと黒《くろ》のシマがら。シマの幅《はば》が太《ふと》くて、うねっているのがとくちょうだよ。

名前《なまえ》のフォールドは
“折《お》りたたむ”という意味《いみ》。
たれた耳《みみ》と真《ま》ん丸《まる》の顔《かお》が愛《あい》らしい、
個性的《こせいてき》なネコだよ。毛《け》の短《みじか》い子《こ》と
長《なが》い子《こ》がいるんだ。

にゃんこずかん
**2**

## スコティッシュフォールド

| | |
|---|---|
| 体重《たいじゅう》 | 3～6kg |
| 毛《け》の長《なが》さ | 短《みじか》い／長《なが》い |
| 出身国《しゅっしんこく》 | イギリス |

### スコティッシュフォールドの魅力《みりょく》

#### いつもおだやかな、いやし系《けい》

基本的《きほんてき》におとなしくて、のんびり屋《や》さんだよ。なき声《ごえ》は小《ちい》さめで、あまりおしゃべりなほうではないけれど、人《ひと》のそばにいるのが大《だい》好《す》きで、よくなつくんだ。

#### フクロウにそっくり!?

大《おお》きな目《め》と丸顔《まるがお》、全体的《ぜんたいてき》に丸《まる》みのあるずんぐりした体形《たいけい》が、鳥《とり》のフクロウに似《に》ているといわれることがあるよ。まざっていたら、一《いっ》瞬《しゅん》気《き》づかないかも……？

もっと知《し》りたい！

# スコティッシュフォールドのこと

## スコティッシュフォールドの子《こ》ネコ

丸《まる》っこくてモフモフの愛《あい》らしい外見《がいけん》。子《こ》ネコのころからおっとりしていて、人《ひと》なつこい性格《せいかく》だよ。生《う》まれたばかりのころは耳《みみ》がたれておらず、生後《せいご》2〜3週間《しゅうかん》ほどで少《すこ》しずつたれ耳《みみ》になっていくんだって。

## トレードマークのたれ耳《みみ》

ちょこんと前《まえ》にたれている耳《みみ》がスコティッシュフォールドのとくちょう。個性的《こせいてき》でキュートだよね。でも、じつは耳《みみ》の折《お》れ具合《ぐあい》はネコによってさまざまで、なかには立《た》ち耳《みみ》の子《こ》もいるんだ。

## 愛《あい》きょうたっぷり“スコ座《ずわ》り”

体《からだ》がとてもやわらかいので、あぐらをかくようなポーズで座《すわ》ることができるんだ。これは“スコ座《ずわ》り”と呼《よ》ばれているよ。すごくリラックスしていて、なんだか人間《にんげん》みたいにも見《み》えちゃうね。

にゃんこずかん 3

# ラグドール

ラグドールという名前《なまえ》は
“ぬいぐるみ”という意味《いみ》。
静《しず》かでおっとりしている大《おお》きな体《からだ》の
ネコだよ。やわらかな長《なが》い毛《け》が
とくちょうなんだ。

| | |
|---|---|
| 体重《たいじゅう》 | 4〜7kg |
| 毛《け》の長《なが》さ | 長《なが》い |
| 出身国《しゅっしんこく》 | アメリカ |

活発《かっぱつ》さ
人《ひと》なつこさ
お上品《じょうひん》さ
飼《か》いやすさ

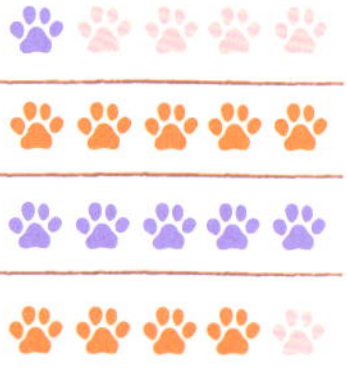

## ラグドールの魅力《みりょく》

### 大《おお》きな体《からだ》で気《き》は優《やさ》しい

どっしりとした大《おお》きな体《からだ》のラグドール。落《お》ち着《つ》いていて優《やさ》しいので人《ひと》に愛《あい》されるよ。また、とてもあまえんぼうなところがあり、いつも飼《か》い主《ぬし》について歩《ある》くんだ。

### 思《おも》わずだきしめたくなる!

フワフワの体《からだ》と太《ふと》いしっぽがとっても魅力的《みりょくてき》。飼《か》い主《ぬし》にだきあげられるとグニャリと体《からだ》をあずけ、なでられると、まるでぬいぐるみのようにおとなしくなるんだって。

にゃんこずかん 4

# アビシニアン

どこか神秘的《しんぴてき》なふんいきを
まとったスマートなネコ。
古代《こだい》エジプトから飼《か》われ続《つづ》けてきた、
もっとも古《ふる》い種類《しゅるい》かもしれないと
いわれているんだ。

| | |
|---|---|
| 体重《たいじゅう》 | 3〜5kg |
| 毛《け》の長《なが》さ | 短《みじか》い |
| 出身国《しゅっしんこく》 | エチオピア |

活発《かっぱつ》さ
人《ひと》なつこさ
お上品《じょうひん》さ
飼《か》いやすさ

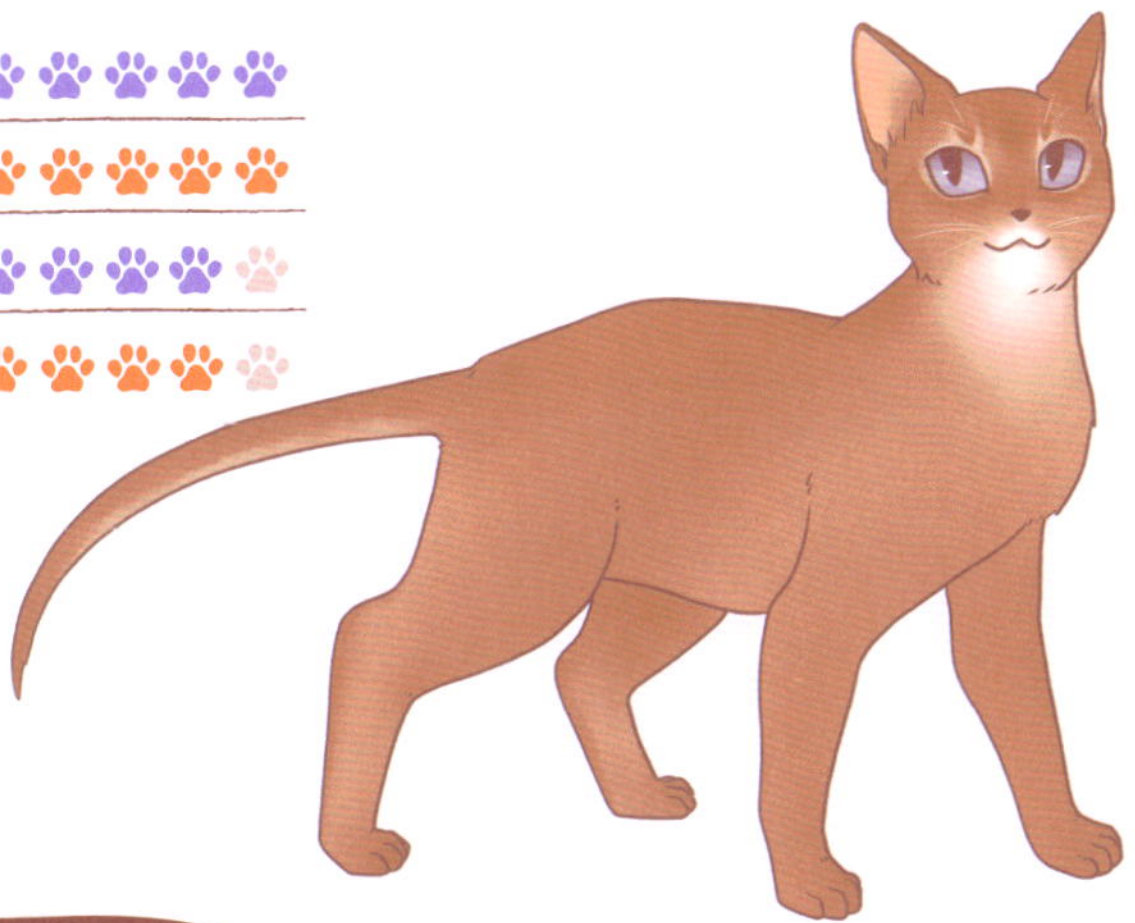

## アビシニアンの魅力《みりょく》

### ネコ界《かい》のスーパーモデル!?

すらりとしたスリムな体《からだ》のアビシニアン。小《ちい》さな顔《かお》にはアーモンド形《がた》のひとみがかがやいているよ。つま先《さき》でそっと歩《ある》く姿《すがた》は、モデルさんみたいにエレガントなんだ。

### 鈴《すず》のような美《うつく》しい声《こえ》

じつはとても人《ひと》なつこくて、遊《あそ》ぶのが大好《だいす》き。かまってほしいときなど、人間《にんげん》にネコ語《ご》で話《はな》しかけてくるよ。まるで鈴《すず》を転《ころ》がすような美《うつく》しいなき声《ごえ》をしているんだ。

にゃんこずかん 5

# ロシアンブルー

すきとおるエメラルドグリーンの
ひとみをもつ、気品《きひん》あるネコ。
すらりと引《ひ》きしまった体《からだ》は、
シルクのような
やわらかい手《て》ざわりだよ。

| | |
|---|---|
| 体重《たいじゅう》 | 3〜5kg |
| 毛《け》の長《なが》さ | 短《みじか》い |
| 出身国《しゅっしんこく》 | ロシア |

活発《かっぱつ》さ

人《ひと》なつこさ

お上品《じょうひん》さ

飼《か》いやすさ

## ロシアンブルーの魅力《みりょく》

### かれんなルックス

整《ととの》った顔立《かおだ》ちと美《うつく》しいブルーの毛《け》なみがとくちょうのロシアンブルーは“冬《ふゆ》の精《せい》”という呼《よ》び名《な》もあるほど。身《み》のこなしもスマートだから、ファンが多《おお》いんだ。

### あなただけに心《こころ》を許《ゆる》す

とても頭《あたま》がよく、内気《うちき》な性格《せいかく》のネコ。知《し》らない人《ひと》には警戒心《けいかいしん》をいだくけれど、飼《か》い主《ぬし》にはあまえんぼうだよ。また、感受性《かんじゅせい》が強《つよ》くて傷《きず》つきやすいところもあるんだ。

にゃんこずかん

# 6

# ペルシャ

豊《ゆた》かな長《なが》い毛《け》をもつネコ。
まるで王様《おうさま》みたいに
ゴージャスなふんいきだよ。
ふっくらとした丸顔《まるがお》に低《ひく》い鼻《はな》、
短《みじか》い足《あし》もチャーミングでしょ。

| | |
|---|---|
| 体重《たいじゅう》 | 3〜5.5kg |
| 毛《け》の長《なが》さ | 長《なが》い |
| 出身国《しゅっしんこく》 | イギリス |

| | |
|---|---|
| 活発《かっぱつ》さ | ●○○○○ |
| 人《ひと》なつこさ | ●●●●● |
| お上品《じょうひん》さ | ●●●●● |
| 飼《か》いやすさ | ●○○○○ |

## ペルシャの魅力《みりょく》

### フサフサの長《なが》い毛《け》

全身《ぜんしん》をおおう長《なが》い毛《け》がペルシャの大《おお》きなとくちょうだよ。毎日《まいにち》、コームなどでていねいにお手《て》入《い》れしてあげることが必要《ひつよう》なんだ。そんなところも王様《おうさま》みたいだね。

### 落《お》ち着《つ》きのある性格《せいかく》

ペルシャはめったになかないおだやかなネコ。「遊《あそ》んで遊《あそ》んで」と飼《か》い主《ぬし》にせがむことは少《すく》なく、お気《き》にいりの場所《ばしょ》に、おとなしく座《すわ》っているのが好《す》きみたいだよ。

にゃんこずかん

# 7

# ベンガル

まるで小《ちい》さな
ヒョウのような印象《いんしょう》のネコ。
長《なが》いあしとしっぽ、
美《うつく》しいもようがとくちょうだよ。
とてもフレンドリーで
好奇心《こうきしん》おうせいなんだ。

| | |
|---|---|
| 体重《たいじゅう》 | 3.5〜7kg |
| 毛《け》の長《なが》さ | 短《みじか》い |
| 出身国《しゅっしんこく》 | アメリカ |

## ベンガルの魅力《みりょく》

### ワイルドなふんいき

森《もり》に住《す》む山《やま》ネコの血《ち》が流《なが》れているベンガル。がっちりとした筋肉《きんにく》質《しつ》の体《からだ》をもち、運動神経《うんどうしんけい》ばつぐんだよ。ヒョウやジャガーのような美《うつく》しいもようも魅力的《みりょくてき》だね。

### おしゃべりするネコ

外見《がいけん》はワイルドだけど、じつはとても人《ひと》なつこいネコなんだ。おしゃべりも大好《だいす》きで、さまざまななきかたをして飼《か》い主《ぬし》にきもちを伝《つた》えようとするよ。

にゃんこずかん 8

# シャム

スリムで気品《きひん》のある体《からだ》に、ブルーのひとみをもつ美《うつく》しいネコ。顔《かお》、耳《みみ》、しっぽ、足先《あしさき》などの“ポイント”と呼《よ》ばれる部分《ぶぶん》の色《いろ》がこいんだ。

| | |
|---|---|
| 体重《たいじゅう》 | 3～4kg |
| 毛《け》の長《なが》さ | 短《みじか》い |
| 出身国《しゅっしんこく》 | タイ |

活発《かっぱつ》さ
人《ひと》なつこさ
お上品《じょうひん》さ
飼《か》いやすさ

## シャムの魅力《みりょく》

### とっても愛情深《あいじょうぶか》い

シャムは、頭《あたま》が良《よ》くて感受性豊《かんじゅせいゆた》か。とってもあまえんぼうで、人《ひと》にかまってもらうのが大好《だいす》きだよ。飼《か》い主《ぬし》をひとりじめしようとする、しっと深《ぶか》い一面《いちめん》もあるんだ。

### 小悪魔的《こあくまてき》ツンデレ

あまえんぼうだけど、気《き》がのらないときはプイッとにげてしまう気《き》まぐれな性格《せいかく》。でもシャムの飼《か》い主《ぬし》は、そんなところにますます夢《む》中《ちゅう》になっちゃうみたい。

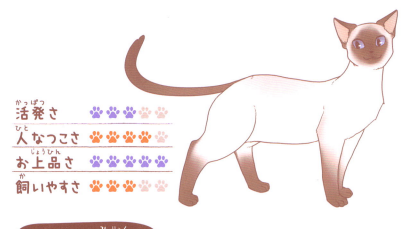

# にゃんしぐさ&《アンド》にゃん語《ご》教室《きょうしつ》

ネコのきもちがわかれば、
もっと仲良《なかよ》くなれるはず！
まずは、ネコのしぐさを
よーく観察《かんさつ》してみよう。

## 前足《まえあし》でフミフミ

### あまえたい気分《きぶん》なの

元《もと》は、母《はは》ネコのお乳《ちち》を出《で》やすくするために、おっぱいをおしながら飲《の》む子《こ》ネコのしぐさなんだよ。

## 体《からだ》をスリスリ

### あたしのものよ

スリスリして自分《じぶん》のにおいをつけているよ。これは、ひとりじめしたいというきもちのあらわれなんだ。

## しっぽをバシバシ

### イライラしちゃうな

犬《いぬ》がしっぽをふるのはごきげんなときだけど、ネコはその反対《はんたい》。だから、かまいすぎないように注意《ちゅうい》してね。

## 寝転《ねころ》んでクネクネ

### いっしょに遊《あそ》ぼう

目《め》の前《まえ》で、おなかを見《み》せて寝転《ねころ》ぶときは、きょうだいネコや飼《か》い主《ぬし》を遊《あそ》びにさそっているんだよ。

ネコのなき声《ごえ》にも
耳《みみ》をすましてみて！

**ねえ、ねえ～**

「ご飯《はん》ちょうだい」「遊《あそ》ぼうよ」などと、飼《か》い主《ぬし》にあまえて、おねだりしているときのなきかただよ。

**きもちいいな♪**

のどをゴロゴロならすのは、なでられてうれしいときや、おなかいっぱいで満足《まんぞく》しているときが多《おお》いよ。

**オレに近《ちか》づくな！**

こんなふうにするどいなきかたをするのは、本能的《ほんのうてき》に相手《あいて》を遠《とお》ざけたくて、いかくしているときだよ。

**恋《こい》してる♥**

春《はる》と秋《あき》は、大人《おとな》のネコたちが恋《こい》する季節《きせつ》。恋人《こいびと》を求《もと》めて独特《どくとく》な声《こえ》でなき、自分《じぶん》をアピールするんだ。

もっと知《し》りたい！

# にゃんこのこと教《おし》えてQ《キュー》&《アンド》A《エー》

**Q** ネコを飼《か》いたいけれどどこで手《て》に入《い》れたらいい？

**A** ペットショップや専門《せんもん》のブリーダーから購入《こうにゅう》できるほか、知《し》りあいからゆずりうけることも。また、保健所《ほけんじょ》などの保護施設《ほごしせつ》から引《ひ》きとって、ネコの里親《さとおや》になるという方法《ほうほう》もあるよ。

**Q** ネコを飼《か》うときに必要《ひつよう》なものは？

**A** 専用《せんよう》のトイレと砂《すな》、せいけつな食器《しょっき》、つめとぎ、ケージ、体《からだ》のケア用品《ようひん》などをあらかじめ用意《ようい》しよう。ベッドは、ネコが横《よこ》になれるサイズの段《だん》ボール箱《ばこ》に、タオルなどをしいても◎

**Q** ネコはどのくらい長生《ながい》きするの？

**A** 約《やく》15年《ねん》といわれているよ。病気《びょうき》やケガがなければ、20年以上《ねんいじょう》生《い》きるネコも。ネコは人間《にんげん》よりも大人《おとな》になるスピードが速《はや》く、生《う》まれてから1年《ねん》ほどで、人間《にんげん》の19歳《さい》くらいになるんだ。

**Q** ネコにあげてはいけない食《た》べ物《もの》はあるの？

**A** チョコレート、ネギ類《るい》、生《なま》のイカやタコなどを食《た》べると、体《からだ》の調子《ちょうし》をくずし、最悪《さいあく》の場合《ばあい》は死《し》んでしまうことも。万《まん》が一《いち》、口《くち》にしてしまったら、すぐに動物《どうぶつ》病院《びょういん》へ連《つ》れていって！

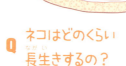

4コマ マンガ

# にゃんこあるある②

## 仕返《しかえ》し

## マユの片想《かたおも》い

78ページにも4コママンガがあるよ！

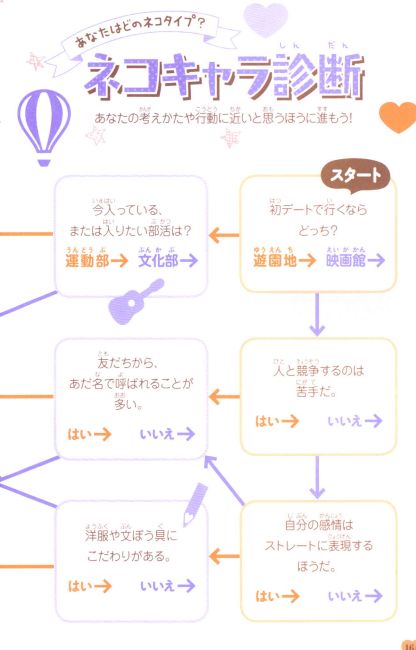

あなたはどのネコタイプ？

# ネコキャラ診断《しんだん》

あなたの考《かんが》えかたや行動《こうどう》に近《ちか》いと思《おも》うほうに進《すす》もう！

スタート

初《はつ》デートで行《い》くならどっち？

遊園地《ゆうえんち》→　映画館《えいがかん》→

今入《いまはい》っている、
または入《はい》りたい部活《ぶかつ》は？

運動部《うんどうぶ》→　文化部《ぶんかぶ》→

人《ひと》と競争《きょうそう》するのは苦手《にがて》だ。

はい→　いいえ→

友《とも》だちから、
あだ名《な》で呼《よ》ばれることが多《おお》い。

はい→　いいえ→

自分《じぶん》の感情《かんじょう》はストレートに表現《ひょうげん》するほうだ。

はい→　いいえ→

洋服《ようふく》や文《ぶん》ぼう具《ぐ》にこだわりがある。

はい→　いいえ→

迷《まよ》ったときは直感《ちょっかん》で
パッと選《えら》んでね！

人《ひと》の話《はなし》を聞《き》くより、
自分《じぶん》が話《はな》している
ことのほうが多《おお》い。

はい→　いいえ→

休《やす》みの日《ひ》の
好《す》きな過《す》ごしかたは？

外《そと》で友《とも》だちと遊《あそ》ぶ→
家《いえ》でのんびりする→

どちらかというと
プライドが高《たか》いほう
だと思《おも》う。

はい→　いいえ→

どちらのファッションに
ちょうせんしてみたい？

元気《げんき》なポップ系《けい》→
セクシーなお姉系《ねえけい》→

女子《じょし》と男子《だんし》、
どちらから話《はな》しかけ
られることが多《おお》い？

女子《じょし》→　男子《だんし》→

どんな恋愛《れんあい》がしたい？

サバサバした
つきあいをしたい→
好《す》きな人《ひと》を
ひとりじめしたい→

A

B

C

D

E

F


診断結果《しんだんけっか》は次《つぎ》のページ

あなたはどのネコタイプ？

# 診断結果《しんだんけっか》

## A

### アメリカンショートヘアタイプ

活発《かっぱつ》で明《あか》るい性格《せいかく》のあなたは、ネコならアメリカンショートヘア。スポーツが得意《とくい》で、クラスでもしぜんと目立《めだ》つタイプだよ。

## B

### ベンガルタイプ

好奇心《こうきしん》おうせいで元気《げんき》なあなたは、ネコならベンガル。とってもおしゃべり上手《じょうず》だから、いつもまわりに人《ひと》が集《あつ》まるんだ。

## C

### スコティッシュフォールドタイプ

おだやかでのんびり屋《や》のあなたは、ネコならスコティッシュフォールド。どちらかというと、おとなしい性格《せいかく》だけど、友《とも》だちに人気《にんき》があるよ。

## D

### ラグドールタイプ

女《おんな》の子《こ》らしいふんいきのあなたは、ネコならラグドールタイプ。だれに対《たい》しても優《やさ》しく接《せっ》するので、まわりから愛《あい》されているよ。

## E

### ロシアンブルータイプ

どことなく気品《きひん》のあるあなたは、ネコならロシアンブルー。まわりからも一目置《いちもくお》かれていて、なかにはあこがれている子《こ》もいるみたい。

## F

### シャムタイプ

頭《あたま》がよくて、愛情深《あいじょうぶか》いあなたは、ネコならシャム。あまえ上手《じょうず》で人《ひと》に好《す》かれるけれど、小悪魔《こあくま》のように気《き》まぐれな一面《いちめん》ももっているよ。

にゃんにゃん心理《しんり》テスト1

# あなたが出《で》会《あ》った子《こ》ネコは？

公園《こうえん》で捨《す》てられている子《こ》ネコを見《み》つけたあなた。
そのとき、子《こ》ネコはどんな状態《じょうたい》だったと思《おも》う？

A さみしそうに ないていた

B ひとり遊《あそ》びに 夢中《むちゅう》だった

C どこかに ケガをしていた

D きょうだいの ネコといた


診断結果《しんだんけっか》は次《つぎ》のページ

にゃんにゃん心理《しんり》テスト1でわかるのは…

# 友《とも》だちとのキズナを深《ふか》める方法《ほうほう》

## ドキドキ★診《しん》断《だん》結《けっ》果《か》

### A おそろいのグッズを持《も》つ

文《ぶん》ぼう具《ぐ》やヘアアクセサリー、ハンカチなどをおそろいにしてみて。ふだんから身《み》につけたり、持《も》ち歩《ある》いたりできるものがおすすめだよ。

### B 共通《きょうつう》の趣味《しゅみ》を見《み》つける

好《す》きな本《ほん》や音楽《おんがく》などをしょうかいしあって、貸《か》し借《か》りをしてみよう。同《おな》じものを好《す》きになれば、いっしょに盛《も》りあがれる話題《わだい》も増《ふ》えるよ。

### C 言《い》いたいことを言《い》いあう

ときには、ケンカをおそれないことも必要《ひつよう》。言《い》いにくいことも、おたがいに言《い》いあえるようになれば、ふたりの信頼度《しんらいど》がグッと高《たか》まるはず。

### D ふたごコーデでお出《で》かけ

休《やす》みの日《ひ》に、おそろいのコーディネートで出《で》かければ、ますます仲良《なかよ》しに。ワンピースやT《ティー》シャツなどを、色《いろ》ちがいにするのがポイントだよ。

にゃんにゃん心理《しんり》テスト2

# ネコがくれたプレゼントは？

ある日《ひ》、飼《か》いネコが得意顔《とくいがお》で狩《か》りのえものをくれたよ。
それはいったい、なんだと思《おも》う？

**A** ネズミ　　**B** チョウ

**C** スズメ　　**D** トカゲ


診断結果《しんだんけっか》は次《つぎ》のページ

にゃんにゃん心理《しんり》テスト2でわかるのは…

# どんな男《おとこ》の子《こ》と恋《こい》に落《お》ちる？

## ドキドキ★診《しん》断《だん》結《けっ》果《か》

### A 体育会系《たいいくかいけい》な男《おとこ》の子《こ》

カレは明《あか》るく元気《げんき》なムードメーカー。だれとでも仲良《なかよ》くなれちゃう人《ひと》なつこい性格《せいかく》で、愛情表現《あいじょうひょうげん》も直球《ちょっきゅう》だよ。おすすめデートは、遊園地《ゆうえんち》。

### B 天然《てんねん》な男《おとこ》の子《こ》

カレはまじめだけど、どこかぬけているところがあるみたい。なにかと心配《しんぱい》で、放《ほう》っておけないタイプだよ。おすすめデートは、ショッピング。

### C シャイな男《おとこ》の子《こ》

カレは自分《じぶん》のことを話《はな》すのが少《すこ》し苦《にが》手《て》。でも、あなたの話《はなし》は熱心《ねっしん》に聞《き》くし、こまったときには必《かなら》ず助《たす》けてくれるよ。おすすめデートは、動物園《どうぶつえん》。

### D ミステリアスな男《おとこ》の子《こ》

カレは一見《いっけん》なにを考《かんが》えているかわからないタイプ。ベタベタつきあうのは苦手《にがて》だけど、じつはけっこう一途《いちず》な面《めん》も。おすすめデートは、美術館《びじゅつかん》。

# 12星座《せいざ》 ネコうらない

友情運《ゆうじょううん》UP《アップ》のひけつと、親友《しんゆう》になれそうな子《こ》の星座《せいざ》（♥）をうらなうよ！

## ♈おひつじ座《ざ》

3/21～4/20

初対面《しょたいめん》の子《こ》には、思《おも》いきって自分《じぶん》から声《こえ》をかけてみよう。

♥いて座《ざ》、おとめ座《ざ》

## ♉おうし座《ざ》

4/21～5/21

ケンカしたときは、つまらない意地《いじ》を張《は》らずにすぐ謝《あやま》ろう。

♥しし座《ざ》、やぎ座《ざ》

## ♊ふたご座《ざ》

5/22～6/21

ときには、友《とも》だちとじっくり話《はな》してキズナを深《ふか》めよう。

♥みずがめ座《ざ》、さそり座《ざ》

## ♋かに座《ざ》

6/22～7/22

親切心《しんせつしん》から、おせっかいになりすぎないよう、注意《ちゅうい》しよう。

♥てんびん座《ざ》、うお座《ざ》

## ♌しし座《ざ》

7/23～8/22

よけいなプライドを捨《す》てて、素直《すなお》になることが大切《たいせつ》だよ。

♥おうし座《ざ》、やぎ座《ざ》

## ♍おとめ座《ざ》

8/23～9/23

ときどき、友《とも》だちに厳《きび》しくなりすぎないよう、気《き》をつけて。

♥おひつじ座《ざ》、いて座《ざ》

## ♎てんびん座《ざ》

9/24～10/23

友《とも》だちと意見《いけん》がちがうときも、自分《じぶん》のきもちを伝《つた》えて。

♥かに座《ざ》、うお座《ざ》

## ♏さそり座《ざ》

10/24～11/22

友《とも》だちの数《かず》は少《すく》なくても、深《ふか》い関係《かんけい》を築《きず》くのが◎だよ。

♥ふたご座《ざ》、みずがめ座《ざ》

## ♐いて座《ざ》

11/23～12/21

タイプのちがう子《こ》にも、積極的《せっきょくてき》に話《はな》しかけてみよう。

♥おとめ座《ざ》、おひつじ座《ざ》

## ♑やぎ座《ざ》

12/22～1/20

ときには、友《とも》だちに自分《じぶん》の弱《よわ》いところも見《み》せて。

♥おうし座《ざ》、しし座《ざ》

## ♒みずがめ座《ざ》

1/21～2/18

苦手《にがて》な団体行動《だんたいこうどう》もできるだけがんばってみるといいことが。

♥さそり座《ざ》、ふたご座《ざ》

## ♓うお座《ざ》

2/19～3/20

友《とも》だちづくりは、受《う》け身《み》にならないように意識《いしき》しよう。

♥かに座《ざ》、てんびん座《ざ》

## にゃんにゃん手《て》づくり教室《きょうしつ》 3

# お弁当《べんとう》をつくろう!

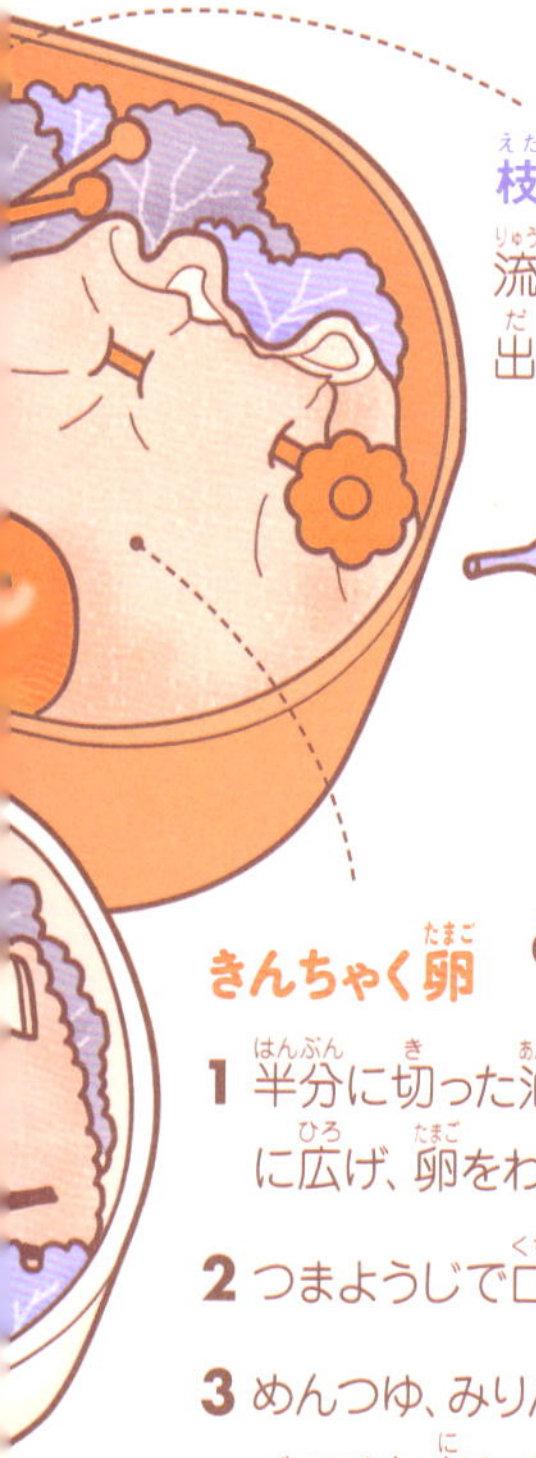

**枝豆《えだまめ》**

流水《りゅうすい》で解凍《かいとう》し、さやから出《だ》して、ピックにさす。

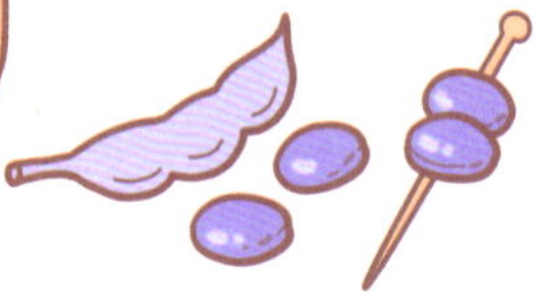

**材料《ざいりょう》(1人《ひとり》分《ぶん》)**

**にゃんにゃんおにぎり**

- 白《しろ》いごはん‥茶《ちゃ》わん1ぱい
- かつおぶし……ひとつまみ
- しょう油《ゆ》……適量《てきりょう》
- 味《あじ》つけのり……適量《てきりょう》
- ハム……1/4枚《まい》

**きんちゃく卵《たまご》**

- 油《あぶら》あげ……1/2枚《まい》
- 卵《たまご》……1個《こ》
- めんつゆ……大《おお》さじ2
- みりん……大《おお》さじ1
- 水《みず》……200cc

**ちくわきゅうり**

- ちくわ……1本《ぽん》
- きゅうり……1/8本《ぽん》

**そのほか**

- 焼《や》きざけ……1/2切《き》れ
- 冷凍枝豆《れいとうえだまめ》……4〜5さや
- サニーレタス……3枚《まい》
- ミニトマト……2個《こ》

**きんちゃく卵《たまご》**

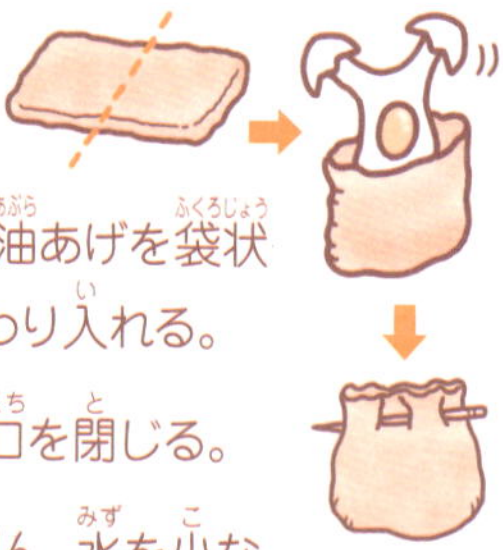

1 半分《はんぶん》に切《き》った油《あぶら》あげを袋状《ふくろじょう》に広《ひろ》げ、卵《たまご》をわり入《い》れる。

2 つまようじで口《くち》を閉《と》じる。

3 めんつゆ、みりん、水《みず》を小《こ》なべでひと煮《に》たちさせて、2の口《くち》を上《うえ》にして入《い》れ、中火《ちゅうび》で15分《ふん》ほど煮《に》る。火《ひ》を止《と》めて、なべのまま冷《さ》ます。

とちゅうでひっくり返《かえ》すと、全体《ぜんたい》に味《あじ》がしみるよ。

※お弁当箱《べんとうばこ》につめるとき、ようじをピックに変《か》える。

## ちくわきゅうり

**1** きゅうりをたて半分《はんぶん》に切《き》り、それをさらに4等分《とうぶん》する。

**2** 1のきゅうりを、ちくわの穴《あな》に入《い》れ、ななめに切《き》る。

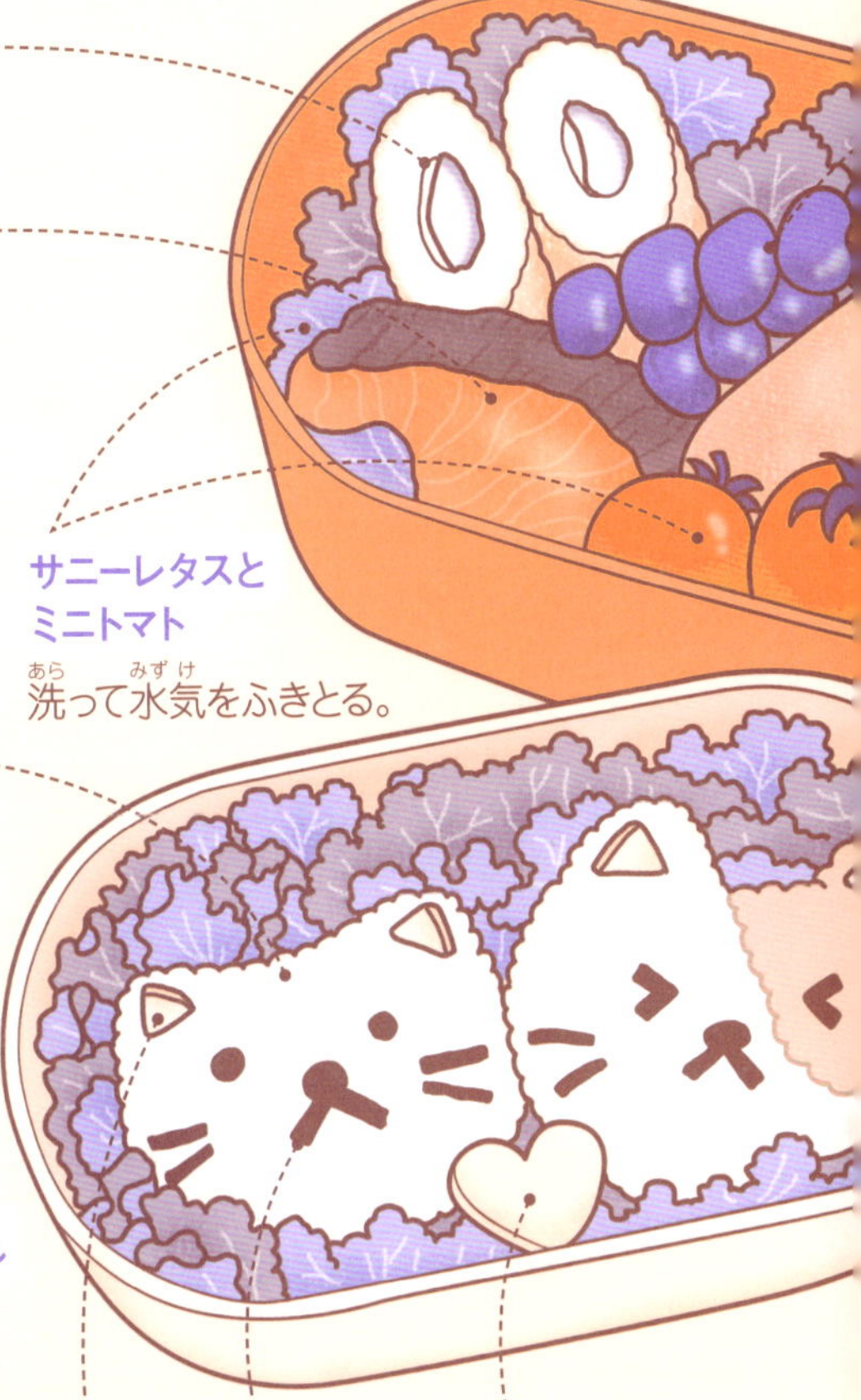

### 焼《や》きざけ

さけの切《き》り身《み》を半分《はんぶん》に切《き》り、両面《りょうめん》をしっかり焼《や》く。

### サニーレタスとミニトマト

洗《あら》って水気《みずけ》をふきとる。

## にゃんにゃんおにぎり

**1** かつおぶしとしょう油《ゆ》を、少量《しょうりょう》のごはんにまぜておく。

**2** 残《のこ》ったごはんを2等分《とうぶん》し、それぞれ塩《しお》をつけた手《て》でまとめて、一方《いっぽう》は**1**といっしょに、もう一方《いっぽう》はそのまま、ラップに包《つつ》んで耳《みみ》の形《かたち》をつくる。

**3** お弁当箱《べんとうばこ》につめてから、味《あじ》つけのりでつくった目《め》、鼻《はな》、口《くち》、ひげと、ハムの耳《みみ》をのせる。

### 味《あじ》つけのり

### ハム

好《す》きな型《かた》で型《かた》ぬきする。

### ハム

小《ちい》さな三角《さんかく》に切《き》る。

# にゃんにゃん おえかき教室《きょうしつ》

かわいいネコのキャラクターをかくコツを教《おし》えちゃう。
友《とも》だちへの手紙《てがみ》や、メッセージカードにも使《つか》えるよ！

## レベル 1 基本《きほん》の顔《かお》をかいてみよう！

① まずはりんかくをかこう。耳《みみ》の形《かたち》がポイントだよ。

② 目《め》、鼻《はな》、口《くち》は顔《かお》の真《ま》ん中《なか》に集《あつ》めると、かわいいよ。

③ 耳《みみ》のなかの三角《さんかく》と、ほっぺのひげをかいたら、完成《かんせい》！

## レベル 2 ネコの表情《ひょうじょう》を変《か》えてみよう！

ウインクでにっこり笑顔《えがお》♪ 三角《さんかく》の歯《は》もつけて。

号泣《ごうきゅう》は大《おお》きな口《くち》にするのがポイント。

## レベル 3 全身《ぜんしん》をかいてみよう！

① レベル1の顔《かお》をかこう。口《くち》をあけてもキュートだよ。

② 体《からだ》は顔《かお》より小《ちい》さめに。短《みじか》い手足《てあし》がポイントだよ。

③ おなかの丸《まる》いもようと、しっぽをかいたら、完成《かんせい》！

## レベル 4 ポーズを変《か》えてみよう!

スヤスヤ、お昼寝《ひるね》ポーズ♥

ネコらしい顔《かお》を洗《あら》うしぐさ!

## レベル 5 ネコの種類《しゅるい》を変《か》えてみよう!

シマシマもようが、元気《げんき》な印象《いんしょう》のトラネコくん★

フワフワ長《なが》い毛《け》のネコさん。まつ毛《げ》をかくと女《おんな》の子《こ》に♥

体《からだ》の先《せん》たんの色《いろ》がこい、ポイントがらのネコさん。

## レベル 6 デコ文字《もじ》をプラスしてみよう!

話《はな》したいことがあるときに。

よろこびを表現《ひょうげん》しよう♪

おどろいたきもちを強調《きょうちょう》★

●文
長井理佳（30～75ページ）
吉田桃子（90～141ページ）

●マンガ
大塚さとみ

●本文イラスト
いのうえたかこ、うさぎ恵美、かわぐちけい
いしいみえ、西岡おそら、原ペコリ
ももいろななえ、よねこめ

●表紙イラスト
いのうえたかこ

●表紙・本文デザイン
株式会社フレーズ（鈴木真弓、川内栄子）

●撮影協力
上林徳寛（14～16ページ）

●写真協力
テトラくん（2、4、7、9、179、180ページ）
リンちゃん（4、10ページ）
あんずちゃん（5ページ）
オルカくん（5ページ）
ももすけくん（11ページ）
クレマくん（183、184ページ）

●編集協力
株式会社童夢

## ドキドキと感動のだいすき猫物語

2019年2月15日　発行

編　者　プリティーにゃんこだいすき倶楽部
発行者　佐藤龍夫
発行所　株式会社大泉書店
〒162-0805　東京都新宿区矢来町27
電話　03-3260-4001（代表）
FAX　03-3260-4074
振替　00140-7-1742
URL　http://www.oizumishoten.co.jp
印刷所　ラン印刷社、錦明印刷
製本所　明光社



ISBN978-4-278-08591-4　C8076　R46

# 特別《とくべつ》ふろく

♥ふろくの内容《ないよう》♥ ※使《つか》いかたは次《つぎ》のページだよ。

- しおり 3枚《まい》
- びんせん 4枚《まい》
- ミニふうとう 1枚《まい》
- メッセージカード 4枚《まい》
- 時間割《じかんわり》 1枚《まい》（表《おもて》・うら）

切《き》りはなして使《つか》えるよ！

〈キリトリ〉

# ふろくの使《つか》いかた

- -------<キリトリ>線《せん》にそってハサミで切《き》って使《つか》おう。
- ミニふうとうは、右写真《みぎしゃしん》のように折《お》って組《く》み立《た》てて、びんせんやカードを入《い》れて使《つか》ってね。

ミニふうとう

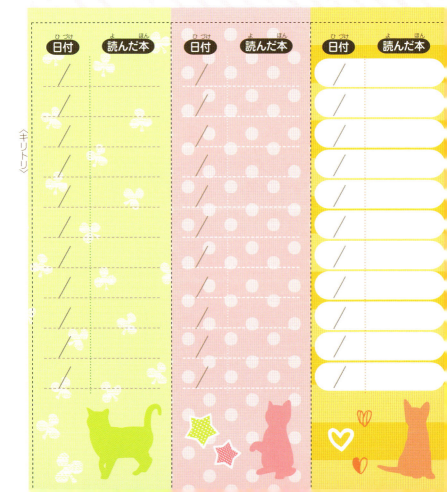


<キリトリ>

| 日付《ひづけ》 | 読《よ》んだ本《ほん》 |
| --- | --- |
| / | |
| / | |
| / | |
| / | |
| / | |
| / | |
| / | |
| / | |
| / | |
| / | |
| / | |

| 日付《ひづけ》 | 読《よ》んだ本《ほん》 |
| --- | --- |
| / | |
| / | |
| / | |
| / | |
| / | |
| / | |
| / | |
| / | |
| / | |
| / | |
| / | |

| 日付《ひづけ》 | 読《よ》んだ本《ほん》 |
| --- | --- |
| / | |
| / | |
| / | |
| / | |
| / | |
| / | |
| / | |
| / | |
| / | |
| / | |
| / | |

ONAKA SUITAYO!
〈キリトリ〉

〈キリトリ〉

〈キリトリ〉

〈キリトリ〉

〈キリトリ〉

〈キリトリ〉

〈キリトリ〉

〈キリトリ〉

## ミニふうとう

しおりページにある「ふろくの使《つか》いかた」を
参考《さんこう》にしてつくってね。

〈キリトリ〉

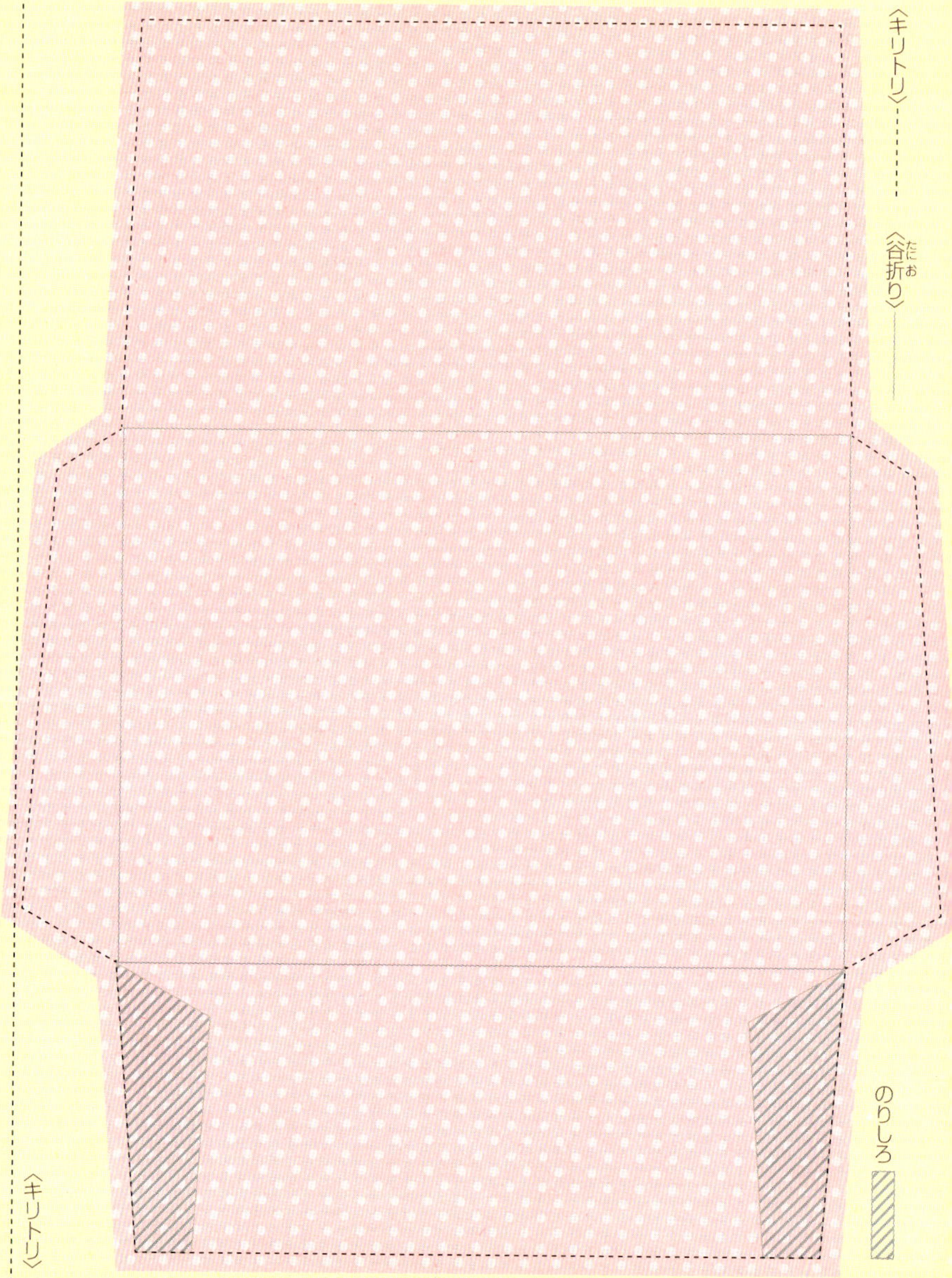

〈キリトリ〉

〈谷《たに》折《お》り〉

のりしろ

〈キリトリ〉

〈キリトリ〉

〈キリトリ〉

# 時《じ》間《かん》割《わり》

| | 月 | 火 | 水 | 木 | 金 | 土 |
|---|---|---|---|---|---|---|
| 1 | | | | | | |
| 2 | | | | | | |
| 3 | | | | | | |
| 4 | | | | | | |
| 5 | | | | | | |
| 6 | | | | | | |

〈キリトリ〉

# じかんわり

| | 月 | 火 | 水 | 木 | 金 | 土 |
|---|---|---|---|---|---|---|
| 1 | | | | | | |
| 2 | | | | | | |
| 3 | | | | | | |
| 4 | | | | | | |
| 5 | | | | | | |
| 6 | | | | | | |

〈キリトリ〉